納蘭詞

崇賢書院 釋譯

北京联合出版公司

序　言

　　古代巾箱本指中国古时刻印开本极小、可以装在巾箱里的书本。《北堂书钞》卷一三五"王母巾箱"条引《汉武内传》，说"帝见王母巾箱中有一卷小书，盛以紫锦之囊"。这里所说的"巾箱"即是古人放置头巾的小箱，而可放入随身携带巾箱中的袖珍版小书，即称巾箱本。巾箱本，具有这种袖珍样式并便携的特点。因其被置于巾箱中，则见巾箱本并非主人仅限于书房阅览，而更可于闲暇休憩间随手翻阅品读的小书。亦可能是主人极为珍视、须臾不可离的珍爱之作。

　　清乾隆十一年，乾隆皇帝亦曾下令将武英殿刻经史所留余材，模仿古人巾箱本样式，刻成所谓"古香斋袖珍书"系列，为世所称。

　　今时今日，崇贤馆欲以巾箱本形式，整理出版一批颇具价值的古藏本。立意是将古书形制之美传达今世，其内涵精神即可为今人所用。现代习惯于西方阅读方式的读者，则通过崇贤馆巾箱本系列，就能对中国传统文化的精致与情韵有亲切的感悟与感动。

　　崇贤馆巾箱本，从古刻本筛选方面，集多年心

序言

血寻访海内外博物馆、藏书楼与藏书家，今日已有可观之积累。又择其中版本精美完整、刻字疏密有致之作。涵盖自宋至民国时期的刻本、影印本、铅印本、拓本等，可谓是集览古籍善本中甚为精美、极具有欣赏价值的版本。崇贤馆巾箱本主旨崇尚古风，印刷时均谨慎缩印为巾箱本大小，依旧以"中国书"最传统淳朴的宣纸、线订等手工艺装帧，彰显古书最原始自然的风貌。

同时，为了读者在鉴赏中国古书形制美之余，亦不忘"书备而不读如废纸"的宗旨。崇贤馆精心策划，特为每套巾箱本附一册简体通解本，附有原文、注释、译文、赏析等功能板块设计，方便读者在珍赏之外，不忘传承古今的精神内涵，更显示此套巾箱本之特色。

卷 一

梦江南（一阕）	一
赤枣子（一阕）	一
忆王孙（一阕）	二
玉连环影（一阕）	二
遐方怨（一阕）	三
诉衷情（一阕）	五
如梦令（三阕）	五
天仙子（三阕）	七
江城子（一阕）	九
长相思（一阕）	九
相见欢（二阕）	一〇
昭君怨（二阕）	一一
酒泉子（一阕）	一二
生查子（五阕）	一三
点绛唇（四阕）	一七
浣沙溪（三十阕）	二〇
霜天晓角（一阕）	四四
菩萨蛮（二十三阕）	四四
减字木兰花（六阕）	六二

目録

一

目錄

卜算子（三阕）　　　　　　　　　　六五

卷　二

采桑子（十三阕）　　　　　　　　　六八

谒金门（一阕）　　　　　　　　　　七七

好事近（三阕）　　　　　　　　　　七八

一络索（三阕）　　　　　　　　　　八〇

清平乐（十阕）　　　　　　　　　　八二

忆秦娥（三阕）　　　　　　　　　　八九

阮郎归（一阕）　　　　　　　　　　九一

画堂春（一阕）　　　　　　　　　　九二

眼儿媚（三阕）　　　　　　　　　　九三

朝中措（一阕）　　　　　　　　　　九五

摊破浣纱溪（六阕）　　　　　　　　九六

青衫湿（一阕）　　　　　　　　　　一〇一

落花时（一阕）　　　　　　　　　　一〇二

锦堂春（一阕）　　　　　　　　　　一〇二

海棠春（一阕）　　　　　　　　　　一〇四

河渎神（二阕）　　　　　　　　　　一〇五

太常引（二阕）　　　　　　　　　　一〇六

四和香（一阕）　　　　　　　　　　一〇七

二

添字采桑子（一阕） 一〇八

荷叶杯（二阕） 一〇九

寻芳草（一阕） 一一〇

菊花新（一阕） 一一一

南歌子（三阕） 一一二

秋千索（三阕） 一一四

忆江南（二阕） 一一六

浪淘沙（七阕） 一一八

卷 三

雨中花（一阕） 一二三

鹧鸪天（七阕） 一二三

河 传（一阕） 一二八

木兰花令（一阕） 一二九

虞美人（八阕） 一三一

鹊桥仙（三阕） 一三六

南乡子（五阕） 一三九

一斛珠（一阕） 一四三

红窗月（一阕） 一四四

踏莎行（二阕） 一四五

临江仙（十阕） 一四六

蝶恋花（八阕）		一五五
唐多令（三阕）		一六一
踏莎美人（一阕）		一六三
苏幕遮（二阕）		一六五
淡黄柳（一阕）		一六七
青玉案（二阕）		一六八
月上海棠（二阕）		一六九
一丛花（一阕）		一七一
金人捧露盘（一阕）		一七二
洞仙歌（一阕）		一七三
剪湘云（一阕）		一七四
东风齐著力（一阕）		一七五
满江红（三阕）		一七六
满庭芳（二阕）		一七九

卷 四

水调歌头（二阕）		一八二
凤凰台上忆吹箫（二阕）		一八四
金菊对芙蓉（一阕）		一八六
琵琶仙（一阕）		一八七
御带花（一阕）		一八九

念奴娇（四阕）	一九〇
东风第一枝（一阕）	一九四
秋　水（一阕）	一九五
木兰花慢（一阕）	一九六
水龙吟（二阕）	一九七
齐天乐（三阕）	一九九
瑞鹤仙（一阕）	二〇三
雨霖铃（一阕）	二〇五
疏　影（一阕）	二〇六
潇湘雨（一阕）	二〇七
风流子（一阕）	二〇八
沁园春（三阕）	二〇九
金缕曲（九阕）	二一三
摸鱼儿（二阕）	二二五
青衫湿（一阕）	二二七
湘灵鼓瑟（一阕）	二二八
大　酺（一阕）	二二九

卷　五

忆王孙（二阕）	二三一
调笑令（一阕）	二三三

忆江南（十一阕）		二三三
点绛唇（一阕）		二三九
浣纱溪（六阕）		二四〇
菩萨蛮（三阕）		二四四
采桑子（四阕）		二四六
清平乐（一阕）		二四八
眼儿媚（三阕）		二四九
满宫花（一阕）		二五一
少年游（一阕）		二五一
浪淘沙（二阕）		二五二
鹧鸪天（二阕）		二五四
南乡子（一阕）		二五五
踏莎行（一阕）		二五六
虞美人（一阕）		二五六
茶瓶儿（一阕）		二五七
临江仙（一阕）		二五八
蝶恋花（一阕）		二五八
金缕曲（一阕）		二五九

纳兰词卷一

梦江南

昏鸦①尽，小立恨因谁？急雪乍翻香阁②絮，轻风吹到胆瓶③梅。心字已成灰。

〔注释〕

①昏鸦：黄昏时天空飞过的乌鸦群。②香阁：古代青年女子居住的内室。③胆瓶：长颈大腹的花瓶，因形如悬胆而得名。

〔词解〕

黄昏时分乌鸦都飞尽了，我却独自站在那里，心中的怨恨都是为谁而生呢？风乍起，香阁前的柳絮犹如急雪般翻飞，晚风轻轻地吹拂着胆瓶里盛开的梅花。再看那心字篆香已经默默地燃成灰烬。这是一首写爱情的词作。抒写的是凄苦、孤独、幽怨的相思之情，结句更是意有双关，心字香的燃尽不仅是实景的描画，更隐喻了词者心已成灰的伤感。

赤枣子

惊晓漏，护春眠。格外娇慵只自怜。寄语酿花①风日好，绿窗来与上琴弦。

〔注释〕

①酿花：催花绽放。

〔词解〕

此词以少女的口吻抒写春日的慵懒与娇憨。清晨，滴漏声将春睡的佳人惊醒，但佳人却依然贪睡。娇慵倦怠又暗生自怜。寄语给那催促鲜花盛开的和风丽日，到我的绿窗边上来与我一起拨弄琴弦。

忆王孙

西风一夜剪芭蕉。满眼芳菲总寂寥？强把心情付浊醪①。读离骚。洗尽秋江日夜潮。

〔注释〕

①浊醪：浊酒。醪，带糟的酒。

〔词解〕

秋风起，一夜之间吹散了芭蕉叶。在这萧瑟的清秋，满眼的芳菲消歇，怎能不倍感寂寞寥落？一壶浊酒固然可以勉强浇愁、暂时解忧。然而这愁情似江潮般滚滚而来且绵绵不绝，酒又岂能解怀，唯有读《离骚》来抒发怀思了。

玉连环影

（按此调谱律不载，或亦自度曲）

何处①？几叶萧萧雨。湿尽檐花②，花底人无语。掩屏山③，玉炉寒，谁见两眉愁聚、依阑干。

〔注释〕

①何处：何时。古诗文中表示询问时间的用语。②檐

花：屋檐之下的鲜花。③屏山：屏风，因屏风曲折若重山叠嶂，或屏风上绘有山水图画等而得名。

〔词解〕

是什么时候，下起了淅淅沥沥的小雨？屋檐下的花朵都已被雨水打湿，然而花底下的人却默默无语。轻轻地将屏风掩紧，玉炉中所焚之香也已燃尽。谁能看到有个人正满含哀愁、深锁双眉，独自倚靠在栏杆边上呢？

遐方怨

攲角枕[①]，掩红窗。梦到江南，伊家博山[②]沉水香[③]。浣裙[④]归、晚坐思量。轻烟笼浅黛，月茫茫。

〔注释〕

①攲角枕：斜靠着枕头。攲，通"倚"，斜倚、斜靠。角枕，角制或用角装饰的枕头。②博山：博山炉的简称，一种香炉。③沉水香：沉香，指以沉香制作的香。④浣裙：浣衣，洗衣。

〔词解〕

斜靠在枕头上，虚掩上红色的窗子，就这样悠悠地睡着了。睡梦中依稀来到江南她的家中，闻到了久违的博山炉中散发出的沉水香的香气。而她刚刚洗衣归来，独自静静地坐在那里入神地思量着什么。袅袅青烟笼罩着她淡愁轻锁的眉尖，抬眼望去，天空已是月色茫茫了。

納蘭詞

烛影摇红

四

　　相思苦，离愁丝丝压人胸，难以入眠。怔怔对着烛火，灯花一寸一寸长，一段一段坠落。

诉衷情

冷落绣衾谁与伴？倚香篝^①。春睡起，斜日照梳头。欲写两眉愁^②，休休^③。远山残翠收。莫登楼。

〔注释〕

①香篝：古代室内焚香所用的熏笼。②欲写两眉愁：本来想要画眉，然而却双眉愁锁。③休休：不要、不用，表示禁止或劝阻。

〔词解〕

这首词抒写闺阁少妇的春愁春感：寂寞孤枕，谁与共眠？唯有独自斜倚熏笼。春睡醒来依然慵懒无聊，头不想梳，眉不想描。春日迟迟，薄暮将至，远处的山峦也收起了那抹翠色。此情此景切莫登高凭眺，否则也只能是徒增感伤而已。

如梦令

正是辘轳金井^①，满砌落花红冷。蓦地一相逢，心事眼波难定。谁省，谁省，从此簟纹^②灯影。

〔注释〕

①辘轳金井：装有辘轳和精美栏杆的水井。②簟纹：指竹席之纹络，此处借指孤眠幽独之景况。

〔词解〕

这首小令像是纳兰追忆往日的恋人，深深怀念那一段美好的恋情。正是在有一架汲水辘轳的金井边上，满地的落花是多么令人怅惘。蓦然见到她那可爱的模样，心事靠着眼波来传达，却给人一种捉摸不定的幻想。有谁知道她的心思呢？有谁知道她的心思呢？从此以后灯光烛影下，只剩下孤独寂寞的一个人。

又

纤月黄昏庭院，语密翻教醉浅。知否那人心，旧恨新欢相半。谁见，谁见，珊枕①泪痕红泫②。

〔注释〕

①珊枕：珊瑚枕。珊瑚多红色，因此这里指的是红色的枕头。②红泫：红色的眼泪，因为女子脸上敷胭脂，所以流下的眼泪是红色的。

〔词解〕

一弯残月升起在黄昏的庭院，那喋喋的情话，缠绵的絮语，反而驱散了深浓的醉意。那人的所思所想是否有人明了？旧时的遗恨与新近的欢乐错综交织。有谁看见了？有谁看见了？那珊瑚枕上的人儿幽独孤单，以泪洗面，难以成眠。

又

黄叶青苔归路，屧粉衣香何处。消息竟沉沉，今夜相思几许。秋雨，秋雨，一半因风吹去。

〔词解〕

　　来时的小道上，枯叶纷纷飘落。是否在某一个地方同样有着弯弯的残月和初秋清晨的寒风，而我所牵挂的人正在那里。消息断断续续、时有时无，使得这样的夜晚，更增添了我对她的想念。秋雨啊，秋雨，如我的心一般愁苦，一半已经被西风吹走，追随远方的人而去。

天仙子

　　梦里蘼芜^{mí wú}青一剪，玉郎①经岁音书远。暗钟②明月不归来，梁上燕，轻罗扇③。好风又落桃花片。

〔注释〕

　　①玉郎：古代对男子的美称，也可为女子对丈夫或者情人的爱称。②暗钟：昏暗夜晚里的钟声。③轻罗扇：质地极薄的薄纱制成的扇子，多为女子夏天纳凉所用。

〔词解〕

　　此篇以闺中妇人的口吻表达了孤寂哀伤的伤春伤别情怀，表达了寂寞深闺的孤寂之情：梦中所见到的是一片青青齐整的蘼芜，而我的情郎却音信全无。深夜的钟声响起，已是明月当空，可是他却还不归来。梁上的燕子都已归巢，而我却只能空摇着手中的团扇，看着春风吹落的片片桃花。

又

　　好在软绡①红泪积，漏痕②斜罥^{juàn}③菱丝④

納蘭詞

碧。古钗⑤封寄玉关秋，天咫尺，人南北。不信鸳鸯头不白。

〔注释〕

①软绡：轻纱，一种柔软轻薄的丝织品，此处指轻薄柔软的丝质衣物。②漏痕：草书的一种笔法，行笔须藏锋。③斜罥：斜挂着。④菱丝：菱蔓。⑤古钗：亦作"古钗脚"，比喻书法笔力道劲。

〔词解〕

此词有拟古意味。浑朴古拙，深致动人，委婉地表达了乡关之思及词人对爱妻的深情怀念：泪水洒湿了衣衫，草字行行，犹如斜挂着的菱蔓。一封书信遥寄千里之外的征人，天涯咫尺，人各南北，如此愁思即使朝夕相伴的鸳鸯见了也会愁白青丝！

又

渌水亭① 秋夜

水浴凉蟾②风入袂，鱼鳞蹙损金波③碎。好天良夜④酒盈尊，心自醉，愁难睡。西南月落城乌起。

〔注释〕

①渌水亭：纳兰性德家中的池畔园亭。②凉蟾：指水中秋月。③金波：指水中反射着耀眼光芒的月光。④好天良夜：指好时光，好日子。

〔词解〕

此篇是对渌水亭秋夜美景如画的描摹：水中月色浮

八

动，清风吹起衣袖，鱼儿来回游动搅碎了池中的月色。面对如此良辰美景自当对酒当歌，然而心虽醉了，愁绪却难以释怀，眼看着月亮落下，城墙上的乌鸦飞起，又是一个不眠之夜。

江城子

湿云①全压数峰低。影凄迷，望中疑。非雾非烟，神女欲来时。若问生涯原是梦，除梦里，没人知。

〔注释〕

①湿云：指云中满含雨水。

〔词解〕

此篇咏史之作突出的是词人的心灵感受，借男女情事，慨叹世间一切的美好皆如梦幻，稍纵即逝，突出了如梦之感的情感体验。第一句用景语，含有如梦如幻之感。又以凄迷的感受来承接，更添了梦幻之意。其后用楚襄王梦神女的典故，进一步烘托梦幻般的感受。最后道出这种感受只有自己能够感知得到，透露出一种凄迷寂寞、悲凉伤感的心情。

长相思

山一程，水一程。身向榆关①那畔②行，夜深千帐灯。　　风一更，雪一更。聒③碎乡心④梦不成，故园无此声。

納蘭詞

〔注释〕

①榆关：山海关，古称渝关、临榆关、临渝关，明改为今名。②那畔：那边。③聒：吵闹之声。④乡心：思念家乡的心情。

〔词解〕

这是词人随驾出关的感受：一程又一程的山水从眼前流过，我们正一点一点地向关外行进，夜深了，部队安营扎寨，千万盏烛火从行军帐中透出来，景色煞为壮观。夜半风雪交加，搅碎了我那颗思乡之心，家乡的庭园里是听不到这种声音的啊！

相见欢

微云一抹①遥峰，冷溶溶。恰与个人清晓画眉同。　　红蜡泪，青绫②被，水沉③浓。却向黄茅野店听西风。

〔注释〕

①微云一抹：一片微云。②青绫：青色的有花纹的丝织物，古时贵族常用以制被服帷帐。③水沉：水沉香，用沉香制成的香。

〔词解〕

此篇大约作于出使途中，抒写对妻子的思念：微云下一片冷森森的远山，此情此景恰与她清晓所画的眉形相类，这怎能不叫我泛起对她无尽的思念呢？曾几何时，她独偎红烛，青绫被冷，沉香缭绕。而我却身在远方，停宿黄茅野店，耳畔是西风猎猎，又如何不伤感寂寞呢！

又

落花如梦凄迷①，麝烟②微。又是夕阳潜下小楼西。　　愁无限，消瘦尽，有谁知。闲教玉笼鹦鹉念郎诗。

〔注释〕

①凄迷：形容景物凄凉迷茫，这里指悲伤怅惘。②麝烟：焚烧麝香所散发的烟气。

〔词解〕

词中通过对环境氛围的渲染、动作的描绘、心理的刻画，塑造了闺中女子伤春念远的形象：眼前落花如梦幻般凄凉迷茫，麝香的烟气袅袅升起，又是一个夕阳西下的黄昏。无限的愁思、衣带渐宽的消瘦，这些又有谁知晓呢？寂寞无聊无处排遣，只好教笼中的鹦鹉来念你曾为我写下的诗句。

昭君怨

深禁①好春谁惜，薄暮②瑶阶③伫立。别院管弦声，不分明。　　又是梨花欲谢，绣被春寒今夜。寂寞锁朱门，梦承恩。

〔注释〕

①深禁：深宫。禁，帝王的官殿。②薄暮：傍晚，太阳快落山的时候。③瑶阶：玉砌的台阶，亦用为石阶的美称，这里指宫中的阶砌。

纳
蘭
詞

〔词解〕

借"宫禁"中一女子的形象抒写其相思相恋的苦情：在这深宫之中，大好的春光有谁会来怜惜？淡淡的余晖下太阳已经落山，我独自在这深宫的台阶上伫立。耳中恍惚传来其他院落的音乐声。今年的梨花又要谢了，而我依然是孤枕难眠。寂寞将这朱红的大门深锁，蒙受皇恩只是梦里才有的事罢了。

又

暮雨①丝丝吹湿，倦柳愁荷风急。瘦骨不禁秋，总成愁。　　别有心情怎说，未是诉愁时节。谯鼓②已三更，梦须成。

〔注释〕

①暮雨：傍晚的雨。②谯鼓：谯楼更鼓。

〔词解〕

傍晚的小雨将四周打湿，园中的柳树与荷花在疾风中摇曳。瘦弱的身形怎么禁得起秋雨的洗礼，愁苦之情油然而起。然而别有的心情又从何说起呢？我又绝非单纯为秋风秋雨而伤怀。夜已三更，唯有去梦中消解了。

酒泉子

谢却荼蘼①，一片月明如水。篆香②消，犹未睡，早鸦啼。　　嫩寒③无赖罗衣薄，休傍阑干角。最愁人，灯欲落，雁还飞。

〔注释〕

①荼蘼：落叶或半常绿蔓生小灌木，茎绿色，茎上有钩状的刺，上面有多数侧脉，致成皱纹。②篆香：盘香，形如篆字。③嫩寒：轻寒、微寒。

〔词解〕

在那一片月明如水的夜里，白色的荼蘼花凋谢了。篆香已经燃尽，可是我却还没有睡着，早起的乌鸦已经开始啼叫，又是一夜不成眠。丝丝的寒冷透过微薄的锦衣，不要再倚靠栏杆远望了。那灯要燃尽，鸿雁犹飞的情景是最让人伤怀的啊！

生查子

东风不解愁，偷展湘裙①衩。独夜背纱笼②，影著纤腰③画。　　爇尽水沉烟④，露滴鸳鸯瓦。花骨冷宜香，小立樱桃下。

〔注释〕

①湘裙：指用湘地丝绸制做的裙子。②纱笼：纱制的灯笼。③纤腰：细腰。④水沉烟：沉香在燃烧。

〔词解〕

这一首小词写女子怀春：正在伤怀时，不解风情的春风偏偏吹来，轻轻展开了她的裙衩。在寂寞的夜里，只有在灯前顾影自怜了。沉香燃尽，连烟气也已消散，露珠滴落在成对的鸳鸯瓦上，为何只有我形单影只？夜来天寒露冷，而花蕾却发出宜人的香气，只好小立于樱桃树之下聊以自慰。

又

鞭影①落春堤，绿锦障泥②卷。脉脉逗菱
丝，嫩水③吴姬④眼。　　啮膝带香归，谁整
樱桃宴。蜡泪恼东风，旧垒眠新燕。

〔注释〕

①鞭影：马鞭的影子。②障泥：马鞯，垂于马腹两
侧，用于遮挡泥土。③嫩水：春水。④吴姬：吴地的
美女。

〔词解〕

词上阕写骑马游经春堤，堤岸与春水之景：马鞭的影
子投落在春天的河堤上，障泥微卷，春日的水面碧绿如
锦。水波荡漾，菱丝蔓蔓，缠绕交织，仿佛脉脉含情，嫩
绿的春水好像是吴姬的眼波。下阕写郊游归来后的伤情：
骑着骏马带香而归，与文人墨客观花赏春、相聚畅饮后的
残酒孤樽又有谁来收拾呢？欢宴过后独自面对烛泪，伤春
的意绪又油然而起，那梁上的旧巢依然，只是宿巢的却是
一双新燕。

又

散帙①坐凝尘②，吹气幽兰并③。茶名龙
凤团④，香字⑤鸳鸯饼。　　玉局类弹棋，颠
倒双栖影。花月不曾闲，莫放相思醒。

〔注释〕

①散帙：打开书帙，借指读书。②凝尘：积聚的尘

土。③吹气幽兰：谓美人气息之香更胜兰花。④龙凤团：茶名，即龙凤团茶，又称龙团凤饼，为宋代著名的贡茶，饼状。⑤香字：犹香篆，指焚香时所起的烟缕。

〔词解〕

　　词中生动地描绘了贵族之家绮艳优裕的生活：读书时，虽然四周积聚了些许的微尘，然而身边却有吐气如兰的爱妻相伴。品味着龙凤团茶，燃着鸳鸯饼的香料。两人一起下棋，看棋盘上的影子也成双成对。花好月圆，好不惬意。

又

　　短焰剔残花^①，夜久边声^②寂。倦舞却闻鸡^③，暗觉青绫^④湿。　　天水接冥濛^⑤，一角西南白。欲渡浣花溪，梦远轻无力。

〔注释〕

　　①残花：残存的烛花。②边声：指边境上羌管、胡笳、画角等声音。③倦舞却闻鸡：引用闻鸡起舞的典故。④青绫：青色的有花纹的丝织物，古代贵族常以之制作被服帷帐等。⑤冥濛：幽暗，不明。

〔词解〕

　　词人身处边地，在夜色中徘徊，离别的忧愁升起，愁肠百转，难以成眠。词的上阕将闻鸡起舞的典故反用，表现出词人深藏的隐怨。下阕用浪漫的笔调抒写梦中的情景，表达了怨情与离忧交织的愁绪，想要归去的美好愿望变得如此无力。

納蘭詞

深夜伴读

　　灯下夜读，有红袖旁添香；倦时敛眉，有美人奉香茶；兴致来时，两人开局对弈，此夫妇相合、琴瑟和鸣之景，幸福美满，无由再作他想。

又

惆怅（chóuchàng）彩云飞①，碧落②知何许。不见合欢花③，空倚（yǐ）相思树。 总是别时情，那得分明语。判得④最长宵，数尽厌厌⑤雨。

〔注释〕

①彩云飞：彩云飞逝。②碧落：道家称东方第一层天，碧霞满空，叫作"碧落"。后泛指天上、天空。③合欢花：别名夜合树、绒花树，落叶乔木，树皮灰色，羽状复叶，小叶对生，白天对开，夜间合拢。④判得：心甘情愿地。⑤厌厌：绵长、安静的样子。

〔词解〕

词中抒写的是长夜怀思的苦情。上阕写彩云飞逝，不知飘落在天空何处，就像爱人踪影全无，让人无限惆怅。而今看不到往日盛开的合欢花，只落得空倚相思树的悲凉。下阕则说离别时的情景言犹在耳。使得相思的人甘愿在这空荡荡的夜里辗转反侧，彻夜不眠，忍受着这孤独凄清之苦。

点绛唇

咏风兰①

别样②幽芬③，更无浓艳④催开处。凌波⑤欲去，且为东风住。 忒煞萧疏，争耐秋如许。还留取，冷香半缕，第一湘江雨。

〔注释〕

①风兰：一种寄生兰，因喜欢在通风、湿度高的地

纳
兰
词

方生长而得名。②别样：特别、不寻常。③幽芬：清香。
④浓艳：色彩浓重艳丽，代指鲜艳的花朵。⑤凌波：形容
轻盈柔美地在水上行走的姿态。

〔词解〕

　　此词为题画兼咏物之作，描写了风兰的别样风致：风兰
散发出不寻常的香味，素雅恬淡没有一丝浓艳浮华。它在秋
风中摇曳的姿态犹如凌波仙子般轻盈飘逸。它的叶子如此稀
疏，怎么耐得住那寒冷的清秋呢？于是留取那半缕清香入得
画中，这幅张见阳所画之风兰可以堪称画中第一了。

又

对 月

　　一种蛾眉①，下弦②不似初弦③好。庾郎④
未老，何事伤心早？　　素壁⑤斜辉，竹影横
窗扫。空房悄，乌啼欲晓，又下西楼了。

〔注释〕

　　①蛾眉：指蛾眉月，新月前后的月相。②下弦：下弦月，
农历每月二十二日或二十三日之后的月亮。③初弦：指阴历
每月初七、初八的月亮，其时月如弓弦，故称。④庾郎：指
南朝梁诗人庾信。⑤素壁：白色的墙壁、石壁。

〔词解〕

　　这是一首对月伤怀、凄凉幽怨之作：同样的蛾眉月，
但下弦之月不如上弦月好。就像那愁苦之时下垂的眉毛
不如欢乐时上弯的眉毛好一样。被滞留北国的庾信年纪未
老，为何过早地开始伤心呢？白色的墙壁上落下夕阳的余

一
八

晖，竹影在窗棂间轻轻摇曳。相思的人独守空闺，直到乌鸦声起、清晓将至，月亮也落下来了。

又

黄花城①早望

五夜②光寒，照来积雪平于栈③。西风何限，自起披衣看。　　对此茫茫，不觉成长叹。何时旦，晓星欲散，飞起平沙雁。

〔注释〕

①黄花城：在今北京怀柔境内，纳兰扈驾东巡，此为必经之地。②五夜：五更。古代将一夜分为甲、乙、丙、丁、戊五段，此指戊夜，即第五更。③栈：栈道。又称阁道、复道。

〔词解〕

这首词描绘了黄花城雪后将晓的景象：初雪后的五更之夜，黄花城中弥漫着寒光，积雪的峭壁上，栈道显得平滑了许多。寒风又怎能阻挠我披衣观景的兴致呢？面对这茫茫雪色，不觉心中怅然，无限慨叹！什么时候才能天亮呢？天空中的晨星要消散了，广漠沙原上的大雁也已经起飞开始新的征程。

又

小院新凉，晚来顿觉罗衫①薄。不成孤酌，形影空酬酢②。　　萧寺③怜君，别绪应萧索。西风恶，夕阳吹角，一阵槐花落。

〔注释〕

①罗衫：丝织衣衫。②酬酢：主客之间相互敬酒，主敬客曰"酬"，客敬主曰"酢"。③萧寺：佛寺。

〔词解〕

此篇是念友之作：秋风吹过，寂静的小院添了几许凉意，夜里已能感觉到衣衫有些单薄了。我独自酌饮，唯有自己的形影相随，非常孤独寂寞。想起在远方的你，离愁别绪涌上心头，顿感寂寞萧索。夕阳西下，秋风无情地吹过，吹落这一地的槐花。

浣沙溪

泪浥①红笺②第几行，唤人娇鸟怕开窗，那能闲过好时光。　　屏障厌看金碧画③，罗衣不奈水沉香。遍翻眉谱只寻常。

〔注释〕

①泪浥：被泪水沾湿。②红笺：红色笺纸，多用以题写诗词或做名片等。③金碧画：以泥金、石青、石绿三色为主的山水画。

〔词解〕

这首词以闺中女子的口吻来写对爱人的深切怀念：你身在远方，我无限怀念，写信遥寄相思，泪水却一次次滴湿信笺。窗外有鸟儿娇声啼叫，我却不敢开窗，因为害怕想起以前与你共度的美好时光。屏风上的金碧画，烟雾缭绕的水沉香，被翻了又翻的眉谱，因为你不在身边，而使得这所有的一切都变得百无聊赖了！

又

伏雨①朝寒愁不胜，那能还傍杏花行。去年高摘斗轻盈②。　　漫惹炉烟③双袖紫，空将酒晕④一衫青。人间何处问多情。

〔注释〕

①伏雨：指连绵不断的雨。②斗轻盈：与同伴比赛看谁的动作更迅捷轻快。轻盈，多用以形容女子体态的轻快、灵活。③炉烟：香炉中的熏烟。④酒晕：喝完酒后脸上泛起的红晕。

〔词解〕

这首词描绘了一种意兴阑珊、多情而又无奈的意绪：这连绵不断的小雨，让人平添了无尽的闲愁，不能像往常一样在杏花树下漫步了。记得去年还曾经与同伴在一起攀上枝头摘取花枝，比赛谁最轻盈利落。而今却只能百无聊赖地看着炉烟轻轻地萦绕，双袖在炉火映照中泛着紫红的颜色，身着青衫而脸上泛起了酒晕。试问什么叫作多情呢？

又

谁念西风独自凉？萧萧①黄叶闭疏窗②。沉思往事立残阳③。　　被酒④莫惊春睡重，赌书消得泼茶香。当时只道是寻常。

〔注释〕

①萧萧：稀疏的样子。②疏窗：刻有花纹的窗户。③残阳：夕阳，西沉的太阳。④被酒：指醉酒。

〔词解〕

这是一首怀念亡妻的悼亡之作：秋天到了，凉意袭人，落叶纷纷，只有我对着窗子独自冷落。夕阳西下，无限往事就这样不期然地袭上心头。以前的日子是多么的快乐美满啊，想起我们把酒言欢、春睡不起、赌书泼茶的日子，这些美好的时光在当时是多么的稀松平常，而今却再也不能重温！

又

莲漏①三声烛半条，杏花微雨湿轻绡②。那将红豆③寄无聊。　　春色已看浓似酒，归期安得信如潮。离魂入夜倩谁招。

〔注释〕

①莲漏：莲花漏，古代的一种计时器。②轻绡：一种透明而有花纹的丝织品。代指杏花的红色花朵。③红豆：红豆树、海红豆及相思子果实的统称。

〔词解〕

这首词写的是离情：夜已经深了，蜡烛也已经燃烧过半，杏花微雨，淋湿了红嫩的花朵。将红豆取出，记下这无聊的心绪。春色已经如酒般浓重，而离人却不能像定期而至的潮水般如期归来，只盼望能在梦里与他相逢。

又

消息谁传到拒霜[①]？两行斜雁[②]碧天[③]长，晚秋风景倍凄凉。　　银蒜[④]押帘人寂寂，玉钗敲竹信茫茫。黄花开也近重阳。

〔注释〕

①拒霜：木芙蓉的别称。冬凋夏茂，仲秋开花，耐寒不落，故名。②斜雁：斜飞的雁群。③碧天：青天，蓝色的天空。④银蒜：银质蒜头形的帘坠，用以压帘幕。

〔词解〕

这是一首爱情词，为所恋之人而作：是谁传来了消息，说待到秋天木芙蓉花开的时候他便回来？如今大雁都已经飞过了，晚秋浓重的景色让人倍感凄凉。景物空旷，斯人憔悴，心事难耐，只有以玉钗轻轻敲竹借以排遣愁怀。眼看菊花开了，又近重阳，思念的那个人啊，却依然音信渺茫。

又

雨歇梧桐泪乍收，遣怀[①]翻[②]自忆从头。摘花销恨旧风流。　　帘影碧桃[③]人已去，屧痕[④]苍藓径空留。两眉[⑤]何处月如钩？

〔注释〕

①遣怀：犹遣兴。②翻：同"反"。③碧桃：桃树的一种。花重瓣，不结实，供观赏和药用，一名千叶桃。④屧痕：鞋痕。⑤两眉：两弯秀眉，这里指所思恋的人。

納蘭詞

〔词解〕

这是一首遣怀之作，表达对恋人的怀念之情：秋雨停了，梧桐树叶不再滴雨，好像是止住了它流淌的眼泪。我将与她度过的美好时光细细地从头追忆，追忆那些当初曾与她有过的美好风流的往事。那帘影碧桃下美人的倩影已经不在，而长满苍藓的小径上却空留下她那娇小的鞋痕。我思念的人儿啊，你如今在哪里呢？

又

西郊冯氏园看海棠，因忆《香严词》①有感

谁道飘零不可怜，旧游②时节好花天，断肠③人去自经年。　　一片晕红④才着雨，几丝柔绿乍和烟。倩魂销尽夕阳前。

〔注释〕

①《香严词》：清初诗人龚鼎孳的词集。龚鼎孳，安徽合肥人，官至礼部尚书，与钱谦益、吴伟业并称"江左三大家"。②旧游：昔日的游览。③断肠：形容悲伤到极点。④晕红：中心浓而四周渐淡的一团红色。

〔词解〕

谁说花儿凋零不会令人生起怜爱之情呢？当年同游之时正是春花竞放的美好时光。性情中人啊，自断柔肠。眼前红花一片，春雨微着，嫩柳丝丝在烟霭中摇曳。黄昏时分，满腔愁苦，夕阳落照前的美景令少女为之梦断魂销。

满腔愁苦随细柳

　　伤春惜花，悲叹好景不再，是多情人之常态。"惜春常怕花开早，何况落红无数。"落红更兼残阳，照见纤瘦女子周身的孤独寂寞。

卷一

二五

又

按此阕与前"伏雨朝寒"字句略同，
顾刻本"西郊"二阕接录，故因之。

酒醒香销愁不胜，如何更向落花行。去
年高摘斗轻盈。　　夜雨几番销瘦了，繁华[1]
如梦总无凭[2]。人间何处问多情。

〔注释〕

①繁华：指繁茂的花事，也是繁盛事业的象征。②无
凭：无所凭借、无所依托。

〔词解〕

此篇与前首"伏雨朝寒"字句大致相同，且词意也十
分相近。两篇可以放在一起来读。

又

欲问江梅[1]瘦几分，只看愁损[2]翠罗裙[3]，
麝篝[4]衾冷惜余熏[5]。　　可耐[6]暮寒长倚竹，
便教春好不开门。枇杷花底校书人。

〔注释〕

①江梅：江边的梅树。②愁损：忧伤。③翠罗裙：绿
色的丝裙。④麝篝：燃烧麝香的熏笼。⑤余熏：犹余香。
⑥可耐：同"可奈"，无可奈何。

〔词解〕

这首词写的是在美好的春日，却愁极寂寞的情态：要
知江边的梅树瘦削了几分，只要看看她翠罗裙中愈加纤瘦

的腰肢便能知晓。寂寞空庭，香残寝冷，如何不叫人憔悴呢？春天的黄昏总是伴着一丝微寒，独自矗立在瘦竹之畔，即使是再好的春光，也让我提不起开门赏玩的兴致，就像那枇杷花下的读书之人一样。

又

一半残阳下小楼，朱帘①斜控②软金钩。倚阑(yǐ lán)无绪不能愁。　　有个盈盈③骑马过，薄妆④浅黛(dài)亦风流。见人羞涩却回头。

〔注释〕

①朱帘：红色的帘子。②斜控：斜斜地垂挂。③盈盈：仪态美好的样子，这里指仪态美好的女子。④薄妆：淡妆。

〔词解〕

这首词用叙事的手法勾画出闺中女子怀春又羞怯的形象：夕阳已经要落山了，小楼之上珠帘斜挂，楼上的人倚靠着栏杆，心绪无聊，无法控制心中的忧愁。这时，一个骑马的少女不期然出现了，她虽然只是薄施粉黛，却显得那么潇洒、那么风流。然而发现有人注视她时又娇羞地转过了头。

又

睡起惺忪①(xīng)强自支，绿倾蝉鬓②(bìn)下帘时。夜来愁损③小腰肢。　　远信④不归空伫望⑤，幽期细数却参差。更兼何事耐寻思。

納蘭詞

〔注释〕

①惺忪：形容刚睡醒尚未完全清醒的状态。②蝉鬓：古代妇女的一种发式，蝉身黑而光润，故称。③愁损：犹愁杀。④远信：远方的书信、消息。⑤伫望：久立而远望，这里是等候、盼望。

〔词解〕

这首词是伤离之作，写的是女子对丈夫的思念：清晨，睡眼惺忪，还要强自支撑着梳头化妆，看看镜中的自己，一夜之间因为相思苦闷又瘦了一圈。凭栏伫立，望眼欲穿，远方却依然没有传来他的消息。一遍遍细细数着相会的时日，然而心思太乱，想的事情太多，怎么数也数不清。

又

五月江南麦已稀，黄梅①时节雨霏微②。闲看燕子教雏飞。　　一水浓阴如罨画③，数峰无恙又晴晖。溅裙谁独上渔矶。

〔注释〕

①黄梅：春末夏初梅子黄熟的一段时期，这段时期我国长江中下游地区连续下雨，空气潮湿，衣物等容易发霉。②霏微：雾气、细雨等弥漫的样子。③罨画：色彩鲜明的绘画。

〔词解〕

这首词描绘的是江南五月的景色：初夏的五月，江南的田野里麦子已经被收割得差不多了。梅子黄熟时节，梅雨迷蒙，到处都是一片朦胧的景象。闲来无事，便看着燕子教雏燕学习飞翔。眼前被水洗过的景象绚丽得如同色彩

梅子黄时雨

"黄梅时节家家雨",雨后江南更加明丽动人,燕子翩翩,斜晖脉脉,浣衣女轻抡木棒,激起阵阵水花。

納蘭詞

明艳的图画一般，斜晖落照水边，矶岸上洗衣女郎的倩影历历，是那样的优美动人。

又

残雪①凝辉冷画屏②。落梅③横笛已三更。更无人处月胧明④。　　我是人间惆怅客，知君何事泪纵横。断肠声里忆平生。

〔注释〕

①残雪：尚未化尽的雪。②画屏：绘有山水图画的屏风。③落梅：指《落梅花》，古笛曲名，以横笛吹奏。④胧明：微明。

〔词解〕

这首词是词人感怀身世之作：残雪的光辉洒在屏风上，使得上面的图画仿佛也变得冷凝起来。耳畔传来《落梅花》的笛声，月色朦胧，沉夜寂寂。我是人世间那个满怀惆怅的过客，知道你为何这般眼泪纵横地在无限哀叹中追忆平生。

又

咏五更，和湘真①韵

微晕娇花湿欲流，簟纹②灯影③一生愁。梦回疑在远山楼。　　残月暗窥金屈戍④，软风徐荡玉帘钩。待听邻女唤梳头。

三〇

〔注释〕

①湘真：陈子龙，字人中、卧子，号大樽、轶符，松江华亭人。明末几社领袖，因抗清被俘，宁死不屈，投水殉难。②簟纹：席纹。③灯影：物体在灯光下的投影，此处指人影。④屈戌：门窗等物上所钉的铜制钮环，上边可扣"了吊"，还可以再加锁。此处指闺房。

〔词解〕

这首词借愁人形象抒发了自己满怀的无聊：暗夜逝去，拂晓到来，天色微微亮，隐约露出了花朵的风姿。手臂上落下的枕席之痕，孤灯前的倩影，这一切都在诉说着一个人无尽的寂寞寥落。昨夜的梦中似乎又回到了那魂牵梦绕的地方。只是醒来却发现唯有那一弯残月将光辉洒在这闺房之中，和风徐荡，空屋无人，只好静静地等待邻家女子招唤同伴梳头的声音了。

又

五字诗①中目乍成②，仅教残福③折书生。手挼④裙带那时情。　　别后心期和梦杳，年来憔悴与愁并。夕阳依旧小窗明。

〔注释〕

①五字诗：五言诗。②目乍成：乍目成，刚刚通过眉目传情而结为亲好。③残福：残存的薄福，也可谓是短暂的幸福。④挼：揉搓。

〔词解〕

这首词写别后相思：一首五言诗让我们心有灵犀，眉目定情。为何偏偏要把这短暂的幸福降临到我的身上呢？

让我如此的兴奋，紧张地揉搓身上的衣带，那时的情景至今仍历历在目。可惜自从离别之后，我们便天各一方，音信渺茫，怎不使我生出相思之情，衣带渐宽，为伊憔悴，日日凭窗眺望，却不见你的归来。

又

记绾长条①欲别难，盈盈自此隔银湾②。便无风雪也摧残。　　青雀③几时裁(cái)锦字④，玉虫⑤连夜剪春幡(fān)。不禁辛苦况相关。

〔注释〕

①长条：长的枝条，特指柳枝。②银湾：银河。③青雀：指青鸟，神话传说中西王母所使的神鸟。④锦字：指妻子寄给丈夫以表达思念之情的书信。⑤玉虫：比喻灯花。

〔词解〕

这首词描写的是女子的离情别恨：记得你我离别之时，杨柳依依，难舍难分。从此之后我们便天各一方，如同隔着银河般难以跨越。如此煎熬纵是无风雪摧逼的好时光，也依然是惆怅难耐。一别之后便音容杳然，日日期盼音信的到来，盼望着能与你相聚，然而希望却一次次变成了失望，怎不叫人失落惆怅、忧伤萦怀。

又

古北口①

杨柳千条送马蹄，北来征雁旧南飞。客中谁与换春衣②。　　终古③闲情归落照④，一春幽梦⑤逐游丝。信回刚道别多时。

〔注释〕

①古北口：长城隘口之一。在今北京密云东北，为古代军事要地。②春衣：春季穿的衣服。③终古：往昔，自古以来。④落照：落日的余晖。⑤幽梦：隐约的梦境。

〔词解〕

这首词表达词人已经厌于扈从生涯，思念爱人的情怀：春光无限，杨柳垂青，我却踏上征程。天空飞过的大雁依旧是去年飞走的那一群吧，如今春又归来，谁来换取春天的新衣呢？自古以来的闲情别恨都寄予了那一缕残阳，春日迷蒙的梦境依旧如飘动着的蛛丝般让人不可琢磨，刚刚还在埋怨聚少离多，分别太久，你的信便到了，想来你跟我想的是一样的吧！

又

身向云山①那畔②行。北风吹断马嘶声③。深秋远塞④若为⑤情。　　一抹晚烟荒⑥戍垒⑦，半竿斜日旧关城。古今幽恨几时平。

〔注释〕

①云山：高耸入云的山。②那畔：那边。③马嘶声：马鸣声。④远塞：边塞。⑤若为：怎为之意。⑥荒：荒凉萧瑟。⑦戍垒：营垒。戍，保卫。

〔词解〕

这首词抒发了奉使出塞的凄惘之情：向着远方的征程前进，北风的吼声使马嘶声也听不到了。面对如此深秋野塞又是怎样的情怀呢！一缕炊烟升起在荒凉萧瑟的营垒之上，斜日欲落悬挂于关塞破旧的城堡上。面对此情此景，古往今来的墨客征人深藏心中的满腔怨恨何时才能消解呢？

又

万里阴山^①万里沙。谁将绿鬓^②斗^③霜华^④。年来强半^⑤在天涯。　　魂梦不离金屈戌^⑥，画图亲展玉鸦叉。生怜瘦减一分花。

〔注释〕

①阴山：山脉名。即今横亘于内蒙古自治区南境、东北接连内兴安岭的阴山山脉。山间缺口自古为南北交通要道。②绿鬓：乌黑发亮的头发。③斗：斗取，即对着。④霜花：喻指白色须发。⑤强半：大半、过半。⑥屈戌：指梦中思念的家园。

〔词解〕

这首词抒发了作者出使荒漠后与爱人的相思之苦：绵延无尽的阴山下是一望无际的沙海，是谁使乌黑的头发变成了白色，一年来大半在天涯空度。让我魂牵梦绕的还是那温馨的故园和故园中的伊人，看着画像上她那消瘦的身影，不禁让人顿生怜惜之情。

又

庚申除夜^①

收取闲心^②冷处浓，舞裙犹忆柘枝^③红。

谁家刻烛^④待春风。　　竹叶^⑤樽(zūn)空翻彩燕^⑥，九枝灯焰(xiè)颤金虫。风流端合倚天公。

〔注释〕

①庚申除夜：康熙十九年除夕。②收取闲心：约束心思。③柘枝：柘枝舞。柘枝舞是西北少数民族的民间舞，伴奏音乐以鼓为主，间有歌唱，舞姿美妙、表情动人。此舞唐时由西域传入内地。④刻烛：古人刻度数于烛，烧以计时。⑤竹叶：酒名，即竹叶青，亦泛指美酒。⑥彩燕：旧俗，立春日剪彩绸为燕饰于头部。

〔词解〕

此篇描绘了贵族之家除夕守岁的情景：将寒冷除夕夜里浓郁的闲情收起，那优美动人的柘枝舞是多么令人追忆怀恋的啊！当年是谁家在除夕夜刻烛静待新春的到来呢？竹叶青酒喝尽了，人人头饰彩燕，个个兴高采烈；九枝灯熄了，那灯芯仿佛是一条条颤动的金虫。如此风流应该是浑然天成，非人力所能为的啊！

又

红桥^①怀古，和王阮亭^②韵

无羔(biàn)年年汴水^③流。一声水调^④短亭^⑤秋。旧时明月照扬州。　　曾是长堤^⑥牵锦缆(lǎn)，绿杨清瘦至今愁。玉钩斜路近迷楼。

〔注释〕

①红桥：桥名，在今江苏扬州，明崇祯时建。②王阮亭：王士祯，字子真，一字阮亭，又号渔洋山人，山东新

城人。③汴水：古河名，即汴河。④水调：曲调名，传为隋炀帝时，开汴渠成，遂作《水调歌》，唐代将它演变为大曲。⑤短亭：旧时城外大道旁，五里设短亭，十里设长亭，为行人休憩或送行饯别之所。⑥长堤：指隋堤。隋炀帝时沿通济渠、邗沟河岸修筑的御道，道旁植杨柳，后人谓之隋堤。

〔词解〕

　　这首词以怀古来咏怀，借咏隋炀帝穷奢极欲，抒写不胜今昔的感慨：那汴河的流水依然年年如是的流淌，犹记得当年渠成之时的那曲《水调歌》，那时的明月直洒到扬州。千里长堤，杨柳绵延，炀帝出游的盛况，仍历历在目，难怪那岸边的绿杨至今仍不胜忧愁。而今繁华落尽，只有那埋葬宫女的墓地与辉煌一时的迷楼相望相慰了。

又

　　凤髻①抛残秋草生，高梧湿月②冷无声，当时七夕③记深盟④。　　信得羽衣⑤传钿合⑥，悔教罗袜葬倾城。人间空唱《雨淋铃》。

〔注释〕

　　①凤髻：古代女子的一种发型，将头发绾结梳成凤形，或在髻上饰以金凤，流行于唐代。②湿月：形容月光如水般湿润。③七夕：农历七月初七这一天是人们俗称的七夕节。相传，在每年的这个夜晚，是天上织女与牛郎在鹊桥相会之时。④深盟：指男女双方向天发誓，永结同心的盟约。⑤羽衣：原指以羽毛织成的衣服，后常称道士或神仙所着衣为羽衣，此处借指道士或神仙。⑥钿合：镶嵌

金、银、玉、贝的首饰盒子，古代常用来作为爱情的信物。

〔词解〕

这首词是一首悼亡之作，借唐明皇与杨贵妃的典故，表达了词人对亡妻的深切怀念：凤髻散乱，斯人已经怅然逝去，孤单地沉睡在一片荒凉的秋草之中，面对这寂寞梧桐、冷月无声，回想起当年七夕之夜的海誓山盟，怎不叫人心中凄怆。原来相信仙人可以传递彼此的信物，后悔当时将伊人遗物都与她一同埋葬了，如今唯有自己唱着《雨霖铃》空自惆怅了。

又

肠断斑骓^①去未还，绣屏深锁凤箫^②寒。一春幽梦有无间。　　逗雨疏花浓淡^③改，关心芳草浅深难。不成风月转摧残。

〔注释〕

①斑骓：毛色青白相杂的骏马。此处以骏马代指征人。②凤箫：排箫。比竹为之，参差如凤翼，故名。③浓淡：指花的颜色。

〔词解〕

这首词以闺中女子的口吻写离愁别恨：丈夫远行在外迟迟不归，相思令人柔肠寸断，闺中寂寞无聊，绣屏紧锁，凤箫也闲置起来不再吹奏了。相思的苦情搅扰得人如梦如幻。春雨洒在了稀疏的花上，使花也改变了浓淡的颜色，令人伤情的芳草也浅深难辨。春色纵然美好，然而不能和你在一起也只能徒增伤感。

又

旋拂轻容①写洛神②，须知③浅笑④是深颦。十分天与可怜春。　掩抑薄寒⑤施软障⑥，抱持纤影⑦藉芳茵。未能无意下香尘。

〔注释〕

①轻容：一种无花薄纱。②洛神：中国神话人物，即洛水的女神洛嫔，相传她是宓（伏）羲的女儿，故称宓妃。溺死于洛水，成为洛水之神。③须知：必须知道，应该知道。④浅笑：犹微笑。⑤薄寒：微寒、轻寒。⑥软障：幛子，古代用做画轴。⑦纤影：清瘦的身影。

〔词解〕

这首词写的是一位美貌女子的画像，表达对她的由衷赞美和怜爱：在画布上轻轻地描摹她如洛神般美丽的姿容，连不高兴时皱眉的样子都好像是在微笑。如春天般让人怜爱。怕画中的她衣着太单薄而寒冷，就加上了屏障，又将她的身影安置在华美芳香的褥垫上。她也情意绵绵，犹如仙女下到了尘界。

又

十二红帘窣①地②深，才移划袜③又沉吟④。晚晴天气惜轻阴⑤。　珠衱⑥佩囊⑦三合字，宝钗拢鬓两分心。定缘何事湿兰襟。

〔注释〕

①十二红帘：绣有十二红的帘幕。②窣：下垂貌。

③划袜：只穿着袜子着地。④沉吟：犹豫，迟疑。⑤轻阴：疏淡的树荫。⑥珠祝：缀珠的裙带。⑦佩囊：随身系带的用以放零星物品的小口袋。

〔词解〕

这首词写的是闺怨：绣织有太平鸟的红色帘幕垂挂在地上，刚刚移动了脚步又迟疑起来。晚来晴好的天气可惜又带着些许的阴郁。缀有珠玉的裙带上佩带着香囊，正切中了"三合"之吉日字。用宝钗将发髻扰起，好像分开的两个"心"字。你我的姻缘既然已是前世注定，你又是为何事而伤心落泪呢！

又

容易浓香近画屏①，繁枝②影著半窗横。风波③狭路④倍怜卿。　　未接语言犹怅望⑤，才通商略⑥已懵腾。只嫌今夜月偏明。

〔注释〕

①画屏：绘有彩色图画的屏风。②繁枝：繁茂的树枝。③风波：比喻纠纷或乱子。④狭路：窄小的路。⑤怅望：惆怅地看望。⑥商略：商讨、交谈。

〔词解〕

这首词描绘的是恋人初逢的场面：上阕前两句是对初见景物的描摹，画屏、繁枝、疏影，渲染出相见的气氛。尽管这段恋情充满艰险和隐忧，但是怜爱之情却因此加倍。下阕写相逢后乍喜乍悲，没有说话时惆怅的想望，开始交谈后又心绪慌乱，词不达意。如此的心绪繁复，都是因为那月亮太明造成的。

又

十八年来堕世间，吹花嚼蕊^①弄^②冰弦^③。
多情情寄阿谁^④边。　紫玉^⑤钗斜灯影背，
红绵粉冷枕函偏。相看好处却无言。

〔注释〕

①吹花嚼蕊：谓吹奏、歌唱，引申指反复推敲声律、词藻。②弄：指吹弹乐器。③冰弦：冰弦玉柱，筝瑟之类乐器的美称。④阿谁：谁，这里指自己。⑤紫玉：紫色的宝玉，古人认为是祥瑞之物。

〔词解〕

在这首词里描绘了妻子的娇好美艳：上阕总写妻子既有高才又多情可爱，她像天上的仙子一样，十八年前来到了人世间，琴棋书画、诗词歌赋相伴，生活得高雅而快乐。她那么多情可爱，却将所有的爱都赋予了我。记得新婚之初，她是那样的娇好美丽、仪态万方，在灯影恍惚中，偏倚着枕函。若两情相悦，即使无声也胜似有声。

又

寄严荪友^①

藕荡桥^②边理钓筒^③，芰萝^④西去五湖^⑤东，
笔床^⑥茶灶^⑦太从容^⑧。　况有短墙^⑨银杏^⑩
雨，更兼高阁^⑪玉兰^⑫风。画眉闲了画芙蓉。

〔注释〕

①严荪友：严绳孙，字荪友，一字冬荪，号秋水，自

鸾凤相随

"妆罢低声问夫婿,画眉深浅入时无",纳兰与妻子感情深厚,两人琴瑟和鸣,度过了许多美好时光。此时叙写两人间种种情事,事虽琐细,但温馨和煦,各种情态如在眼前,读来不觉怦然心动。

納蘭詞

称勾吴严四，复号藕荡渔人，江苏无锡人，一作昆山人。②藕荡桥：严绳孙无锡西洋溪宅第附近的一座桥，严绳孙以此而自号藕荡渔人。③钓筒：插在水里捕鱼的竹器。④苎萝：苎萝山，在浙江诸暨市南，相传西施为此山鬻薪者之女。⑤五湖：太湖。⑥笔床：搁放毛笔的专用器物。⑦茶灶：烹茶的小炉灶。⑧从容：镇定，不慌张。⑨短墙：矮墙。⑩银杏：白果树，又名公孙树、鸭脚等。⑪高阁：放置书籍、器物的高架子。⑫玉兰：花木名，落叶乔木，花瓣九片，色白，芳香如兰，故名。

〔词解〕

　　这首词从想象出发满怀深情地描绘了南归故里的严绳孙的生活情景：藕荡垂钓，五湖泛舟，过着隐逸高致的生活，自在陶然至极。每日或执笔挥洒泼墨，或烹茶品茗，从容淡定，怡然自得。所居之处更是安闲之景，短墙银杏、高阁玉兰，着雨经风后更加风流动人。你在这如诗如画的环境中逍遥自在，想必闲来无事时以为妻子画眉、画芙蓉为乐吧。

又

　　欲寄愁心朔雁①边，西风浊酒②（zhuó）惨离颜。黄花时节③碧云④天。　　古戍⑤（shù）烽烟迷斥堠（hòu），夕阳村落解鞍鞯（ān jiān）。不知征战几人还。

〔注释〕

　　①朔雁：指北地南飞之雁。②浊酒：用糯米、黄米等酿制的酒，较浑浊。③黄花时节：指重阳节。④碧云：青云，碧空中的云。⑤古戍：边疆古老的城堡、营垒。

〔词解〕

这首词表现塞上送客的苍茫凄清之感：想要把离愁寄予南飞的大雁，这离别的筵宴令人倍感忧愁凄苦。又是黄花遍地的重阳时节，天高云淡，却要天涯作别。古堡的烽烟迷惑了斥堠，夕阳下征人卸去行装驻扎安营。却不知这征战沙场的人们有几人能平安归来？

又

　　败叶填溪水已冰，夕阳犹照短长亭[①]。何年废寺失题名。　　倚马[②]客临碑上字，斗鸡[③]人拨佛前灯。净消尘土礼金经[④]。

〔注释〕

①短长亭：短亭和长亭的并称。②倚马：靠在马身上。③斗鸡：使公鸡相斗的一种游戏，多用来指纨绔子弟游手好闲，不务正业。④金经：指佛道经籍。

〔词解〕

这首词借"废寺"今非昔比的破败，隐喻世事的无常：在这一片破败荒凉的废弃寺庙里，到处堆满了枯枝败叶，夕阳虽然依旧，但人事却已全非。不知道从何年何月起，连寺名也不知是什么了。还有谁会来到这荒凉的古寺中呢，原来的善男信女已经绝迹，所到之人都是闲来无事的贵族豪门的纨绔子弟。且让我抱着一颗虔敬之心来整理这些蒙尘的佛经吧。

纳兰词

霜天晓角

重来对酒①，折尽风前柳。若问看花情绪②，似当日，怎能够。　　休为西风瘦，痛饮③频搔首④。自古青蝇白璧，天已早、安排就。

〔注释〕

①对酒：面对着酒。②情绪：心情，心境。③痛饮：尽情地喝酒。④搔首：以手搔头，焦急或有所思的样子。

〔词解〕

这首词是与友人共酌时抒发的感慨：再一次的对酒作别，若能将你留住，我情愿将柳枝折尽。而此时的心境与当日大不一样，怎能够像往日看花游赏时一样呢？不要为了世事难料而消瘦、焦虑。自古以来好人无辜受小人诋毁而蒙冤，是老天早已安排好的，还是放下心结，随遇而安吧。

菩萨蛮

回文①

雾窗寒对遥天暮，暮天②遥对寒窗雾。花落正啼鸦，鸦啼正落花。　　袖罗垂影瘦，瘦影垂罗袖。风剪③一丝红，红丝一剪风。

〔注释〕

①回文：指运用词序回环往复或顺读倒读均可的语句。②暮天：傍晚的天空。③风剪：风吹。

〔词解〕

古代的诗词中，士人喜欢用“回文”这种文字游戏来体现自己的才华或者作为娱乐，通常价值不大。这首词描摹的是眼前风物，虽然意义不大，但是依旧不失隽永别致。从中更可看到词人娴熟的文字技巧。

又

隔花才歇廉纤雨^①，一声弹指^②浑无语。梁燕^③自双归，长条^④脉脉^⑤垂。　　小屏^⑥山色远，妆薄铅华浅。独自立瑶阶，透寒金缕鞋。

〔注释〕

①廉纤雨：如珠帘般的绵绵细雨。②弹指：形容时间极短，本为佛家语。③梁燕：梁上的燕子。④长条：长的枝条，特指柳枝。⑤脉脉：默默。⑥小屏：小屏风。

〔词解〕

这首词写春雨过后，闺中女子伤春的意绪：连绵不断的细雨总算停了，弹指一算我们离别已久，辜负了美好春光，如今只剩我孤寂无聊，无语可述。抬头望去，画梁上的燕子都已成双归来，风中的柳条默默低垂。举目远眺，远山仿佛是小小的屏风，独守空闺的人儿淡施薄妆，独自伫立在石阶之上，盼着远方的斯人归来，即使石阶的寒气已经穿透金缕绣鞋也无所谓。

又

新寒中酒^①敲窗雨，残香^②细袅秋情绪。才道莫伤神，青衫^③湿一痕。　　无聊成独卧，弹指韶光④过。记得别伊时，桃花柳万丝。

〔注释〕

①中酒：饮酒半酣时，也指醉酒。②残香：残存的香气。③青衫：古代学子或官位卑微者所穿的衣服，借指学子、书生。④韶光：美好的时光。

〔词解〕

这首词写春日的相思之苦：乍暖还寒的天气下着小雨，酒醉后残存的余香似乎也在模仿着秋天的伤感情绪。果然是在怀念远方的人啊，要不怎么会泪湿青衫呢？相思之情不胜愁苦，我一个人孤枕而眠，更觉烦闷无聊。弹指间，美好的时光一去不复返，还记得当初和你分别时，桃花千树、杨柳依依的画面，这一切多么令人怀念又惆怅啊。

又

惜春春去惊新燠①，粉融轻汗红绵扑②。妆罢只思眠，江南四月天③。　　绿阴帘半揭，此景清幽绝。行度竹林风，单衫杏子红。

〔注释〕

①新燠：天气刚刚变热。燠，温暖。②红绵扑：红丝棉的粉扑，妇女化妆用品。③四月天：指初夏之时。

〔词解〕

这首词描写初夏时节，仕女伤春的情景：怜惜春色，春天却已离去，初夏的天气带来了丝丝微热，化妆时才能感到脸上的轻汗。梳洗过后只想睡觉，好好感受一下江南四月的天气。珠帘半揭，绿树成荫，景色秀丽幽静。竹林清风，杏红衣衫，如此的清新灵动。

又

梦回酒醒三通鼓，断肠啼鴂①花飞处。新恨隔红窗，罗衫②泪几行。　　相思何处说，空有当时月。月也异当时，团圝③照鬒丝。

〔注释〕

①啼鴂：鹈鴂，一名杜鹃。三月即鸣，至夏不止。常用以比喻春逝。②罗衫：丝织衣衫。③团圝：指明亮的圆月，旧俗称农历八月十五日为团圆节。

〔词解〕

这是一首月夜怀人之作：三鼓之时，酒醒梦回，难耐的伤痛令人彻夜无眠，辗转之间，偏又传来杜鹃的悲啼之声，倍添离愁，益增伤情，于是清泪涟涟，湿透衣衫。然而此情此怨又能对谁诉说，只有天空的明月作伴。此时的明月却也与别时不同，清冷的月光只是照映着我的鬒发。

又

催花①未歇花奴鼓②，酒醒已见残红③舞。不忍覆余觞④，临风⑤泪数行。　　粉香看又别，空剩当时月。月也异当时，凄清照鬒丝。

〔注释〕

①催花：击鼓催花，用于酒令，鼓响传花，声止，持花

未传者即须饮酒。②花奴鼓：唐玄宗时汝阳王李琎（小名花奴）善击羯鼓，玄宗尝谓侍臣曰："速召花奴将羯鼓来，为我解秽。"后因称羯鼓为"花奴鼓"。③残红：凋残的花，落花。④余觞：杯中所剩的残酒。⑤临风：迎风，当风。

〔词解〕

这首词写离情：离别的筵席之上击鼓为乐，以助酒兴，酒醒之后，却是满眼落花。花开旋落，好景不常，盛筵将散，离别在即，不忍喝完杯中所剩的残酒，这情景怎能不叫人迎风垂泪呢？离别是无法避免的，别后只能空自对月，月光依旧，而心绪全非，凄清的光辉下如今只剩我一个人黯然神伤了。

又

早春

晓寒瘦著①西南月，丁丁漏箭②余香咽③。春已十分宜，东风无是非。 蜀魂④羞顾影，玉照⑤斜红冷。谁唱《后庭花》，新年忆旧家。

〔注释〕

①瘦著：瘦削，这里指弯月或月牙。②漏箭：漏壶的部件，上刻时辰度数，随水浮沉以计时。③咽：充塞、充满。④蜀魂：鸟名，指杜鹃。相传蜀主名杜宇，号望帝，死后化为鹃。⑤玉照：镜的异名。

〔词解〕

这首词抒发作者的伤感之情：清晨天气清寒，西南天边斜挂着一弯凄凉的月影，漏壶声叮咚作响，燃尽的香烟仍在室内缭绕。春色合宜，东风却将美好的春光送走了，令人情难以堪。我不敢顾影自怜，镜子中头戴红花的形影实在令人倍觉伤心凄冷。谁在哼唱那凄凉寂寞的亡国之曲，让我在这新的一年里不觉想起了曾经的家园。

又

窗前桃蕊娇如倦，东风泪洗胭脂面。人在小红楼，离情唱《石州》[①]。　夜来双燕宿，灯背屏腰绿[②]。香尽雨阑珊[③]，薄衾寒不寒。

〔注释〕

①石州：乐府商调曲名。②绿：昏暗不明。③雨阑珊：微雨将尽。

〔词解〕

这首词写闺中女子春日孤寂无聊的情态：窗前的桃花正在含苞欲放，它的娇嫩模样就像困倦了一样。我终日以泪洗面，思念着远方的人儿。人在小红楼之上，哼唱《石州》之曲以诉离情。双燕背灯而宿，成对的身影落到了屏风中间，昏暗不明。上阕前两句亦人亦景，含双关之意。后两句写红楼独处，借唱《石州》曲而抒离情之苦。下阕写夜来之孤独寂寞，以双燕烘衬，更突出了孤苦凄清的离情别恨。点燃的篆香已经燃尽，屋外蒙蒙细雨，这单薄的被子又怎能抵御寒冷。

納蘭詞

春深愁重

　　春日寂寂，桃花怒放，燕子成双，这般良辰美景，赏心乐事却都在别家院。女子独立小楼，望灯前双燕依偎，倍加思念远方游子。夜深灯尽，屋外细雨潺潺，更衬出自己一番愁苦。

又

朔风①吹散三更雪，倩魂②犹恋桃花月③。梦好莫催醒，由他好处行。　　无端④听画角，枕畔红冰⑤薄。塞马一声嘶，残星拂大旗。

〔注释〕

①朔风：北风，寒风。②倩魂：少女的梦魂。③桃花月：桃月，农历二月的别名。④无端：犹言平白无故。⑤红冰：喻泪水，形容感怀之深。

〔词解〕

这首词写作者在边塞对妻子的怀念：寒冷的夜里，北风吹散了漫天的白雪，我却在梦中眷恋着春天桃花盛开的美好时光。如此的好梦请不要让它醒来，继续由它在美好中徘徊吧。然而耳畔却无端传来一阵画角之声，搅碎了美梦，更令人惆怅难耐，遂觉枕边孤清凄冷，泪水湿透了红枕。天边残星明灭，大旗风中招展，空寂中一阵马嘶传来，边塞之上是如此的凄清、寒冷。

又

问君何事轻离别，一年能几团圆月。杨柳乍如丝，故园春尽时。　　春归归不得，两桨松花①隔②。旧事③逐寒潮，啼鹃恨未消。

〔注释〕

①松花：指松花江，黑龙江最大的支流。②隔：阻隔。③旧事：以往的事。

〔词解〕

这首词描写对故人的思念：你为什么要将离别看得如此淡然，一年当中能有几回团圆的好时光呢？这里的柳树刚刚露出新芽，想必家乡已经是春色将尽了吧！想要回去，却被这松花江阻隔。我追思往事，令人心寒，如同子规鸟一般，想要归去的离恨始终难以排遣。

又

为陈其年① 题照

乌丝② 曲倩红儿③ 谱，萧然④ 半壁惊秋雨。曲罢鬓鬟偏，风姿⑤ 真可怜。　　须髯浑似戟⑥，时作簪花⑦ 剧。背立讶卿卿，知卿无那情。

〔注释〕

①陈其年：陈维崧，字其年，号迦陵，江苏宜兴人。陈其年工诗词文赋，为清初阳羡词派之首，与朱彝尊齐名。②乌丝：指陈维崧的《乌丝词》。③红儿：杜红儿，唐代名妓。④萧然：空寂，不蔽风日，形容空虚，四壁萧然，没有任何东西。⑤风姿：风度姿态。⑥须髯浑似戟：胡须又长又硬，怒张如戟，形容外貌威武。⑦簪花：插花于冠。

〔词解〕

这首词是为好友陈维崧的题照：陈维崧谱好词曲，令歌儿舞女唱，他虽家贫却才华横溢，令世人震惊。歌儿舞女美艳柔媚，曲罢之后的神态十分可爱。陈维崧长相威武，络腮胡子怒张如戟，然而却时常头戴红花手舞足蹈，背对着心爱的人轻声诉说无限衷情。既富湖海豪气，又不无绮艳，可谓刚柔相济。

又

宿滦河①

玉绳②斜转疑清晓，凄凄月白③渔阳④道。星影漾寒沙，微茫织浪花。　　金笳鸣故垒，唤起人难睡。无数紫鸳鸯，共嫌今夜凉。

〔注释〕

①滦河：古濡水，俗名上都河，在今河北东北部。②玉绳：星名。原指北斗第五星之北二星，常泛指群星，此处指北斗星。③月白：皎洁的月光。④渔阳：地名，战国燕置渔阳郡。

〔词解〕

上阕用白描写景，写夜宿滦河的月下之景，清晓时分，月光、古道、星辉、浪花，一切都显得朦胧而凄迷。下阕用金笳声烘托夜的孤寂，令人难以入睡。结处描写紫鸳鸯成双成对的夜宿更添自身的孤独和冷清。

又

荒鸡①再咽天难晓，星榆②落尽秋将老。毡幕③绕牛羊，敲冰饮酪浆④。　　山程兼水宿，漏点清钲⑤续。正是梦回时，拥衾无限思。

〔注释〕

①荒鸡：指三更前啼叫的鸡。②星榆：白榆树。③毡幕：毡帐。④酪浆：牛羊等动物的乳汁，这里指酒。⑤钲：古代行军或歌舞时用以指挥进退、动静的乐器。

〔词解〕

　　这是一首描绘边塞行役生活及思念家园的小词：三更天里，荒鸡叫了两次，天都还没有亮。榆树叶都已凋落，预示着秋天将尽。毡帐四周围绕着牛羊群，在寒冷的天气里人们以喝酒取暖。旅途上的征人跋涉千山万水，清脆的钲声接续着漏壶的滴滴声，行止无定，夜以继日，唯独在梦中能得到些许安慰，但好梦又不成，只剩下无限的苦思了。

又

　　白日惊飙^①冬已半，解鞍^②正值昏鸦^③乱。冰合^④大河流，茫茫一片愁。　　烧痕^⑤空极望，鼓角高城上。明日近长安，客心愁未阑。

〔注释〕

　　①惊飙：突发的暴风，狂风。②解鞍：解下马鞍，表示停驻。③昏鸦：黄昏时乱飞的乌鸦。④冰合：冰封。⑤烧痕：野火烧过的痕迹。

〔词解〕

　　正是隆冬时节，狂风席卷着大地，于是我解下马鞍停驻，抬头看已是乌鸦纷飞的黄昏时分。大河已为冰封，白茫茫的一片如同无限忧愁！周围一片凄凉，四处都是野火烧过的痕迹，高城上响起军队出发的号角。明天就要接近京城了，而征人的心绪却犹未平静。

又

　　榛荆^①满眼山城^②路，征鸿^③不为愁人

住。何处是长安，湿云④吹雨寒。　　丝丝心欲碎，应是悲秋泪。泪向客中多，归时又奈何。

〔注释〕

①榛荆：犹荆棘，形容荒芜。②山城：依山而筑的城市。③征鸿：征雁。④湿云：谓湿度大的云。

〔词解〕

这首词写乡关客愁：通往山城的路上，荆棘遍布，天空飞过的大雁，不曾为满腹愁苦的人停留。哪里才是我的家乡呢？天空的湿云洒下了滴滴愁雨，寒冷的雨滴打在脸上，让人顿觉寒意。那悲秋的眼泪划过脸庞，心也要碎了，那流泪的人都是离家远行的人们，茫茫前程，却无归期，怎不让人黯然神伤。

又

黄云①紫塞②三千里，女墙③西畔啼乌起。落日万山寒，萧萧猎马④还。　　笳声听不得，入夜空城黑。秋梦不归家，残灯落碎花。

〔注释〕

①黄云：边塞之云，塞外沙漠地区黄沙飞扬，天空常呈黄色，故称。②紫塞：指北方边塞。③女墙：女儿墙在古时叫"女墙"，包含着窥视之义，是仿照女子"睥睨"之形态，在城墙上筑起的墙垛，后来便演变成一种建筑专用术语，特指房屋外墙高出屋面的矮墙。④猎马：猎人所乘的马。

〔词解〕

　　这首词写塞上风景，突出乡关之思：天近黄昏，茫茫边塞笼罩在千里黄云之下，高城的女墙边上乌鸦飞起。夕阳西下，群山沉浸在一片苦寒之中，这时外出巡猎的人们也已经回来了。夜幕之下，荒漠凄凉，思乡之情油然而生，那胡笳的幽咽之声此时是万万听不得的。在这萧索的夜里连梦中都不能回到故园，只能看着那一盏孤灯的灯花自顾自地掉落。

又

寄梁汾①茗中②

　　知君此际情萧索③，黄芦④苦竹⑤孤舟泊。烟白酒旗青，水村⑥鱼市⑦晴。　　柁楼⑧^{tuó}今夕梦，脉脉^{mò}春寒送。直过画眉⑨桥，钱塘江上潮。

〔注释〕

　　①梁汾：顾贞观，字华峰（一作"封"），号梁汾。江苏无锡人，康熙十一年（1672）举人，著有《积书岩集》《弹指词》。②茗中：茗水。③萧索：萧条，凄凉。④黄芦：落叶灌木，叶子秋季变红。⑤苦竹：又名伞柄竹，笋有苦味，不能食用。⑥水村：水边的村落。⑦鱼市：卖鱼的市场。⑧柁楼：船上操舵之室，亦指后舱室。⑨画眉：指汉张敞为妻子画眉的故事，喻夫妻和美。

〔词解〕

　　这首词为寄赠之作：上阕诗人设想友人此刻正在归途之中，因仕途淹蹇而心情萧索，犹如当年被贬后孤舟漂泊的白居易一般。但是船在水村鱼市停泊后，眼前看到的是

村居

　　纳兰好友顾贞观生性耿直，仕途不顺，无奈归隐故里。纳兰深知他归途中心情抑郁，满眼萧条，但同时也羡慕他能隐居钱塘江，安详度日，做一个逍遥散人。遥想他村居闲适，心中悦然。

納蘭詞

烟白酒旗青，一派平静安详的景象。下阕想象夜间他在舟中独自忍受着春夜清寒。直到过了画眉桥，看到了久别的家乡和爱侣，终于可以安享和美的家庭快乐，过上安闲隐居钱塘江畔的生活了。

又

萧萧几叶风兼雨，离人偏识长更①苦。欹枕数秋天，蟾蜍②下早弦③。　　夜寒惊被薄，泪与灯花落。无处不伤心，轻尘在玉琴④。

〔注释〕

①长更：长夜。②蟾蜍：指月亮。③早弦：上弦月。④玉琴：玉饰的琴。

〔词解〕

这首词用白描的手法写相思离别之苦：悠悠长夜，风雨阑珊，更让离别的人感觉长夜漫漫。斜靠着枕头数着日子，抬头望去月亮已过了上弦，渐渐地圆了。秋夜寒冷，顿觉衾被单薄，只有对着孤灯垂泪。环顾四周，到处都是你留下的影子，看着琴上蒙着的微尘，怎能不叫人伤心。

又

为春憔悴留春住，那禁半霎①催归雨。深巷卖樱桃，雨余②红更娇。　　黄昏清泪阁③，忍便花飘泊。消得④一声莺，东风三月情。

〔注释〕

①半霎：极短的时间。②雨余：雨后。③阁：含着。④消得：禁得起。

〔词解〕

这首词为伤春伤别之作：春日将尽，想要把春天留住，却哪里禁得起那一场催促的雨。雨后的深巷中是谁在叫卖着樱桃，那鲜红的樱桃在雨水过后显得更加娇艳欲滴了。然而独守空闺的人儿却在黄昏时分，眼含清泪，独自看着那落花飘飘。怎消得那一声莺啼，更增添了暮春的一份伤情。

又

晶帘①一片伤心白，云鬟香雾②成遥隔。无语问添衣，桐阴月已西。　　西风鸣络纬，不许愁人睡。只是去年秋，如何泪欲流。

〔注释〕

①晶帘：水晶帘子，形容其华美透亮。②云鬟香雾：形容女子头发秀美。

〔词解〕

这首词是写征人思念妻子的伤离之作：月夜之下又思念起妻子，那水晶帘，那如云青丝，想来都令人不胜伤感。夜已深沉，月亮已经西沉，只身在外，没有人询问冷暖，好不凄凉。西风阵阵，络纬声声，不但难以入眠，且更令人添愁增恨。此际与去年秋日并无不同，可我为何这样伤情动感，眼泪欲流呢！

又

乌丝①画作回纹②纸，香煤③暗蚀④藏头字⑤。筝雁十三双，输他作一行。　　相看仍似客，但道休相忆。索性不还家，落残红杏花。

〔注释〕

①乌丝：乌丝栏，指上下以乌丝织成栏，其间用朱墨界行的绢素，亦指有墨线格子的笺纸。②回纹：原指回文诗，此处指意含相思之句的诗。③香煤：古代妇女用以画眉的化妆品，或指香烟。④暗蚀：暗中损伤，谓香烟渐渐散去。⑤藏头字：将所言的事分别写于诗句的头一字。

〔词解〕

这首词写春暮闺人怀远的孤寂情景：乌丝栏中写满了相思的诗句，香煤将藏头诗中的字暗暗侵蚀。十三根弦的筝柱前后排列，形成了齐整的一行，已经无心去弹拨了。离别之时，执手相看，却道不要彼此思念。于是索性不回家去，任杏花凋落也不去理会！

又

阑风伏雨①催寒食②，樱桃一夜花狼藉③。刚与病相宜，琐窗④薰绣衣⑤。　　画眉烦女伴，央及⑥流莺唤。半晌试开奁，娇多直自嫌。

〔注释〕

①阑风伏雨：阑珊的风，冗多的雨，指夏秋之际的风雨，亦泛指风雨不已。②寒食：寒食节，在清明前一天。

③狼藉：乱七八糟，杂乱不堪，这里指樱桃花败落。④琐窗：镂刻有连锁图案的窗棂。⑤绣衣：彩绣的丝绸衣服，古代贵者所服，今多指饰以刺绣的丝质服装。⑥央及：请求、恳求。

〔词解〕

这首词描绘了一个女子病愈后乍喜乍悲的情态：寒食时节，风雨不止，一夜之间樱花零落。刚刚病愈，便起而薰衣。又逢寒食节将至，于是烦请女伴帮忙梳妆打扮，而此时小黄莺也正好在窗外啼啭。半天才将梳妆盒打开，对镜顾影却嫌自己病容憔悴，美丽不再。

又

春云吹散湘帘①雨，絮粘蝴蝶飞还住。人在玉楼②中，楼高四面风。　　柳烟③丝一把，暝色笼鸳瓦。休近小阑干，夕阳无限山。

〔注释〕

①湘帘：用湘妃竹做的帘子。②玉楼：指华丽的楼阁。③柳烟：柳树枝叶茂密似一笼烟雾，故称。

〔词解〕

春日的天空，云朵被风吹散，竹帘随风轻摆，柳絮同蝴蝶一起飞舞。寂寞的人儿在高楼之上，迎风伫立。柳条已然如丝，暮色笼罩着屋顶成对的鸳鸯瓦。孤单的人啊，不要接近那楼边的栏杆，夕阳下不见征人归来，只能看到绵延无尽的山峦，徒增伤感！

减字木兰花

新月

晚妆欲罢，更把纤眉①临镜画。准待②分明，和雨③和烟两不胜④。　　莫教星替，守取团圆终必遂。此夜红楼，天上人间一样愁。

〔注释〕

①纤眉：纤细的柳眉。②准待：准备等待。③和雨：细雨。④不胜：不甚分明。

〔词解〕

此词借女子梳晚妆抒发闲愁：晚妆将毕，临镜描画纤纤的眉毛。天边那一弯新月被不尽的烟雨遮掩，不甚分明。上阕以人拟物入手，摹画出新月的形貌，继而写月色不明，为下阕作了铺垫。物换星移，等待月圆的心愿一定能够实现。只是这新月迷蒙、红楼闺怨，似是人月同愁了。

又

烛花摇影，冷透疏衾①刚欲醒。待不思量，不许孤眠不断肠。　　茫茫碧落②，天上人间情一诺③。银汉④难通，稳耐风波愿始从。

〔注释〕

①疏衾：掩被而眠而感到空疏冷清。②碧落：道家称东方第一层天，碧霞满天，叫作"碧落"。③一诺：谓说话守信用。④银汉：天河，银河。

〔词解〕

　　这首词为怀念亡妻之作：孤灯明灭，冷夜孤枕，欲睡还醒，不能思量，思量就会断肠。天上人间，阴阳两隔，即使一诺千金也换不回原来的生活。渴盼能够相逢重聚，即使要忍耐着银河里的风波，也甘愿从头开始。

又

　　相逢不语，一朵芙蓉着秋雨。小晕红潮[①]，斜溜鬟心[②]只凤翘[③]。　　待将低唤，直为[④]凝情恐人见。欲诉幽怀，转过回阑叩玉钗。

〔注释〕

　　①小晕红潮：害羞时两颊上泛起的红晕。②鬟心：鬟髻的顶心。③凤翘：古代女子凤形的首饰，或者冠帽上插的鸟羽装饰。④直为：只是因为。

〔词解〕

　　这首词描绘了一个少女多情可爱的形象：相见之时云鬟都是这般娇俏可爱，低头不语时仿佛一朵娇羞的芙蓉花一般可爱欲滴。害羞时脸上泛起红晕，头上斜插的凤翘都是这般迷人。听到有人轻唤，害怕别人发现自己的多情。想要吐露心声，却又百转千回，欲说还休。

又

　　从教[①]铁石[②]，每见花开成惜惜[③]。泪点难消，滴损苍烟[④]玉一条。　　怜伊太冷，添个纸窗疏竹影。记取相思，环佩归来月上时。

〔注释〕

①从教：任凭、听任。②铁石：犹言铁打心肠，指铁石心肠的人。③惜惜：可惜、怜惜。④苍烟：苍茫的云雾。

〔词解〕

这首词为咏月下梅花之作：每当梅花绽放，任凭怎样的铁石心肠也难以不动情。她那美丽迷人的风姿在月光下更加楚楚动人，像是滴泪的湘妃竹，望去若苍烟一片。唯恐梅花独自迎寒太过寒冷凄清，于是特意加了竹林来陪伴围护。梅花有魂，记得我对她的相思，于是在今夜月上时归来了。

又

断魂①无据②，万水千山何处去？没个音书③，尽日④东风上绿除。　　故园春好，寄语落花须自扫。莫更伤春，同是恹恹多病人。

〔注释〕

①断魂：销魂，形容哀伤。②无据：无所依凭。③音书：音信、书信。④尽日：终日，整天。

〔词解〕

这首词以夫妇书信对答的方式写相思：上阕说断魂飘乎不定，千山万水到底漂向了哪里？春风吹来，枝叶变绿了，而所思之人却没有音信。下阕说我知道家乡现在一定春光正好，写信告诉你，庭前的落花要你亲自去打扫了。不要再去伤春了，你我都是病体恹恹的相思之人。

又

花丛冷眼[1]，自惜寻春[2]来较晚。知道今生，知道今生那见卿。　　天然绝代，不信相思浑不解[3]。若解相思，定与韩凭共一枝。

〔注释〕

①冷眼：冷淡、冷漠。②寻春：游赏春景。③浑不解：犹言全不解。

〔词解〕

想去看花，却看到一派冷漠影像。才知道现在才来寻找春天为时已晚，才知道今生你我相逢太晚。你是那样天生丽质、芳华绝代，我不相信你对相思完全不解。你如果知道我的相思之苦，必定像韩凭之妻那样，与我共结连理、比翼双飞吧。

卜算子

咏柳

娇软[1]不胜垂，瘦怯[2]那禁舞。多事[3]年年二月风，剪出鹅黄缕。　　一种可怜生，落日和烟雨。苏小门前长短条，即渐迷行处。

〔注释〕

①娇软：柔美，轻柔。②瘦怯：犹瘦弱。③多事：做没必要做的事。

〔词解〕

这首词为吟咏新柳之作：弱柳娇美轻柔，不胜东风。

納蘭詞

二月春风竟也如此多事，将柳枝吹成了鹅黄色的丝条。新柳娇软可爱，再加上落日余晖和如烟细雨，怎不叫人心生怜爱。想必才情出众的苏小小门前的柳条也已经渐迷人眼，万缕成荫了吧。

又

塞梦

塞草晚才青，日落箫笳①动。戚戚②凄凄③入夜分，催度星前梦。　　小语绿杨烟，怯踏银河冻。行尽关山到白狼，相见惟珍重。

〔注释〕

①箫笳：指箫和胡笳。②戚戚：悲伤的样子。③凄凄：形容心情凄凉悲伤。

〔词解〕

这首词写作者身在塞上而念怀家园的情感：衰草连天、夕阳西下，箫笳之声响起。那哀怨凄楚的声音响彻寒夜，催人入梦。梦中我又回到了故园，在绿杨荫里与你窃窃私语，而你也不畏天寒路远历尽关山来到白狼河畔，与我相见相慰，互道一声珍重。

又

午日

村静午鸡啼，绿暗新阴覆。一展轻帘出画墙，道是端阳①酒。　　早晚夕阳蝉，又噪

六六

长堤柳。青鬓长青自古谁，弹指②黄花③九。

〔注释〕

①端阳：农历五月初五日，端午节。②弹指：形容时间极短，本为佛家语。③黄花：菊花。

〔词解〕

这首词写端午节的乡村小镇之景：寂静的小乡村里，只听到午后的几声鸡鸣，这里春意盎然，绿树已然成荫。掀起竹帘，走出门来，说是要一起畅饮端午之酒。蝉声不知何时又在长堤上的柳枝响起，而且晨昏不停。自古以来又有谁能青春常驻呢，时光如此匆匆，转眼已经到了重阳时节。

纳兰词卷二

采桑子

彤霞久绝飞琼^①字，人在谁边。人在谁边，今夜玉清^②眠不眠。　　香销被冷残灯灭，静数秋天。静数秋天，又误心期^③到下弦。

〔注释〕

①飞琼：指许飞琼，传说中的仙女，西王母身边的侍女，后泛指仙女。②玉清：原指仙人，这里指所思念的人。③心期：心愿、心意。

〔词解〕

热切地盼望能得到她的消息，然而她却音信杳然。她如今在哪里呢？到底在哪里呢？今夜她是否也在相思徘徊，不能成眠？香销被冷灯灭，令人增愁添恨，唯有在这寂静的夜里一遍遍默数着与她相逢的日期。然而相约之期已过，会面无期，怎不叫人愁苦怨尤呢！

又

谁翻^①乐府^②凄凉曲，风也萧萧，雨也萧萧，瘦尽灯花又一宵。　　不知何事萦怀抱^③，醒也无聊，醉也无聊，梦也何曾到谢桥。

〔注释〕

①翻：演唱或演奏之意。②乐府：诗体名，初指乐府

官署所采制的诗歌，后将魏晋至唐可以入乐的诗歌，以及仿乐府古题的作品统称乐府，宋以后的词、散曲、剧曲，因配乐，有时也称乐府。③怀抱：心胸。

〔词解〕

这是一首爱情词，抒写对情人的深深怀念：是谁在翻唱着那凄凉幽怨的乐曲，伴着这萧萧雨夜，听着这风声、雨声，望着灯花一点一点地烧尽，让人寂寞难耐、彻夜不眠。在这不眠之夜，不知道是什么事情萦绕在心头，让人或睡或醒都如此无聊，梦中追求的欢乐也完全幻灭了。

又

严霜①拥絮频惊起，扑面霜空②。斜汉③朦胧，冷逼毡帏火不红。　　香篝(gōu)翠被浑闲事，回首西风。何处疏钟，一穗(suì)灯花似梦中。

〔注释〕

①严霜：凛冽的霜，浓霜。霜起而百草衰萎，故称。②霜空：秋冬的晴空。③斜汉：指秋天向西南方偏斜的银河。

〔词解〕

这首词写塞外的苦寒、孤寂：霜气卷扬着雪花阵阵飞起，扑面而来的是冬日寒冷的天空。天空的银河迷蒙昏惑、模糊不清，寒气袭来，连帐篷中的炉火都不再暖和。在家中时那熏香缭绕枕衾温暖的往事，真是让人不堪回首。面对"一穗灯花"，耳边几许"疏钟"，一切都好似在梦中一般。

又

冷香①萦遍红桥②梦，梦觉城笳。月上桃花，雨歇春寒燕子家。　　箜篌③别后谁能鼓，肠断④天涯。暗损韶华，一缕茶烟透碧纱。

〔注释〕

①冷香：清香。②红桥：桥名，在江苏扬州，明崇祯时建，为扬州游览胜地之一。③箜篌：古代拨弦乐器名，有竖式和卧式两种。④肠断：形容极度悲痛。

〔词解〕

这首词旨在伤离念远：梦中与她相会在红桥之上，那时清香弥漫，忽而梦醒，听到的却是城头传来的胡笳呜咽的悲鸣。家中月光照在桃花枝上，洒下一片疏影，犹是风雨初歇，春寒料峭。自从离别之后，断肠人如今已在天涯之外了，谁会再来弹奏箜篌呢？美好的青春年华就这样暗暗地消耗，就像那一缕轻烟透过碧纱一般让人难以觉察。

又

咏春雨

嫩烟分染鹅儿柳①，一样风丝。似整如欹，才着春寒瘦不支②。　　凉侵晓梦轻蝉③腻，约略④红肥。不惜葳蕤，碾取名香作地衣。

〔注释〕

①鹅儿柳：泛起鹅黄色的柳枝。②不支：不能支撑，谓力量不够。③轻蝉：指蝉鬟，此处指闺中人。④约略：

略微、轻微。

〔词解〕

这首词写春雨，借雨中物象去吟咏：春雨落在泛起鹅黄色的柳枝上，弱柳似烟若雾，仿佛是空中飘撒着游丝一般。春雨蒙蒙中，它的枝条又好像是歪斜的雨丝，时整时偏。春雨凉意袭人，堪破晓梦，令人懊恼，雨后的鲜花应该更加娇俏明艳了吧。又或者雨落花残，残花满地，好似用花瓣铺成了地毯。

又

塞上咏雪花

非关癖爱①轻模样，冷处偏佳。别有根芽②，不是人间富贵花。　　谢娘别后谁能惜？飘泊天涯。寒月悲笳，万里西风瀚海沙。

〔注释〕

①癖爱：癖好，特别喜爱。②根芽：比喻事物的根源、根由。

〔词解〕

这是一首咏雪词：我并不是偏爱雪花轻舞飞扬的姿态，也不是因为它越寒冷越美丽。而是因它有人间富贵之花不可比拟的高洁之姿。谢娘故去之后还有谁真的了解它、怜惜它呢？它在天涯飘荡，看尽冷月，听遍胡笳，感受到的是西风遍吹黄沙的悲凉。

又

桃花羞作无情死，感激东风。吹落娇红①，飞入窗间伴懊侬②。　　谁怜辛苦东阳③瘦，也为春慵④。不及芙蓉，一片幽情冷处浓。

〔注释〕

①娇红：嫩红，鲜艳的红色。这里指花。②懊侬：烦闷。这里指烦闷的人。③东阳：指南朝梁沈约。④春慵：指春天懒散的情绪。

〔词解〕

这是一首伤春伤离之作：桃花并非无情地死去，在这春阑花残之际，艳丽的桃花被东风吹落，飞入窗棂，陪伴着伤情的人共度残留的春光。有谁来怜惜我这像沈约般飘零殆尽、日渐消瘦的身影，为春残而懊恼，感到慵懒无聊。虽比不上芙蓉花，但它的一片幽香在清冷处却显得更加浓重。

又

拨灯书尽红笺①也，依旧无聊。玉漏②迢迢，梦里寒花③隔玉箫。　　几竿修竹④三更雨，叶叶萧萧。分付秋潮，莫误双鱼到谢桥。

〔注释〕

①红笺：红色笺纸，多用以题写诗词或做名片等。②玉漏：古代计时漏壶的美称。③寒花：寒冷时节开放的花，多指菊花。④修竹：长长的竹子。

卷二

几竿修竹三更雨

　　何谓之"愁"？离人心上秋。游子身处异乡，夜不能寐，耳听窗外秋雨敲竹，铮铮作响，心中甚是烦乱，凄凉寂寞之情无可派遣，唯有将相思付于书简，愿其早日到达意中人之手。

七三

〔词解〕

在灯下给你写信，即使写满了信纸仍是意犹未尽，心里依旧惆怅无聊。偏又漏声迢迢相伴，不但添加愁绪，而且令人如醉如痴，仿佛在梦中与她相见，却又朦朦胧胧不甚分明。室外秋雨敲竹，滴在树叶上，点点声声，淅淅沥沥。将这孤独寂寞的苦情都付与此时的秋声秋雨中，不要忘了将书信寄给她才好。

又

凉生露气湘弦①润，暗滴花梢。帘影谁摇，燕蹴风丝上柳条。　　舞鹍②镜匣开频掩，檀粉③慵调。朝泪如潮，昨夜香衾觉梦遥。

〔注释〕

①湘弦：湘瑟，湘妃所弹之瑟。亦指代瑟。②鹍：形似鹤，黄白色。③檀粉：化妆用的香粉。

〔词解〕

这首词写闺中女子的情态：夜来凉生，露气浸润了琴瑟，露珠滴在了花梢上。帘外疏影摇摇，原来是小燕子乘着微微细风飞上了柳枝。对镜理妆，自怜自伤，镜匣频开频掩。倦于梳妆，连香粉都懒得匀调。清晨醒来，想起昨夜美梦成空，怎不叫人伤情，不觉泪水就如潮般袭来。

又

土花①曾染湘娥黛，铅泪②难消。清韵③谁敲，不是犀椎④是凤翘⑤。　　只应长伴端溪紫，割取秋潮⑥。鹦鹉偷教，方响前头见玉箫。

〔注释〕

①土花：苔藓。②铅泪：晶莹凝聚的眼泪。③清韵：清雅和谐的声音或韵味，指竹林风动之声。④犀椎：犀槌，古代打击乐器方响中的犀角制小槌。⑤凤翘：古代妇女凤形首饰。⑥秋潮：秋季的潮水、情怀等。

〔词解〕

这首词写一段深隐的恋情：斑痕累累的湘妃竹，青青如黛，竹身长满了苔藓，晶莹的泪水难以消除。清韵声声，那不是谁在用犀槌敲击乐器，而是她头上的凤翘触碰到了青竹，从而发出清雅和谐的响声。秋色撩人、秋意无限，应该将这些用端砚写成诗篇。将相思之语偷偷教给鹦鹉，当与她相逢又难以相亲时，鹦鹉或可传递心声了。

又

谢家庭院①残更②立，燕宿雕梁③。月度银墙④，不辨花丛那辨香。　　此情已自成追忆，零落鸳鸯。雨歇微凉，十一年前梦一场。

〔注释〕

①谢家庭院：指南朝宋谢灵运家，灵运于会稽始宁县有依山傍水的庄园，后因用以代称贵族家园，亦指闺房。②残更：旧时将一夜分为五更，第五更时称残更。③雕梁：刻绘文采的屋梁。④银墙：月光下泛着银白颜色的墙壁。

〔词解〕

　　这是一首爱情词：残更冷夜独自伫立在你家的庭院里，看着燕子双宿双栖在画梁之上。月光洒下来，照在白色的墙壁上，清辉之下分辨不清园中的鲜花。物是人非，此情此景也只能成为回忆，你我从此劳燕分飞、天各一方。这新雨过后的夜里透着丝丝凉意，你我之间的相依相恋如同十一年前的一场梦一样，不堪回首。

又

　　而今才道当时错，心绪凄迷。红泪偷垂，满眼春风百事非。　　情知此后来无计[①]，强说欢期[②]。一别如斯，落尽梨花月又西。

〔注释〕

　　①无计：无法。②欢期：佳期，欢聚的日子。

〔词解〕

　　这首词抒写词人凄迷的心绪：如今才知道当时自己是错了，不觉心绪凄迷。春光灿烂，人事全非，怎不叫人暗自垂泪。明知道以后的事情难以预料，却偏偏硬说可以再次欢聚。一别之后果然遥遥无期，如今梨花又落尽了，月亮也已偏西，相思的人唯有在这痛苦中饱受煎熬。

又

　　明月多情应笑我，笑我如今。辜负春心[①]，独自闲行独自吟。　　近来怕说当时事，结遍兰襟②。月浅灯深，梦里云归何处寻。

〔注释〕

　　①春心：春景所引发的意兴或情怀。②兰襟：芬芳的衣襟，比喻知己之友。

〔词解〕

　　这首词是怀友之作：明月如果有感情，一定会笑我，笑我到现在都春心未结，独自在这春色中徘徊沉吟。最近很怕说起当年的那些往事，当时高朋满座，彼此惺惺相惜。如今月夜幽独寂寞，只有在梦里寻找往日的美好时光！

谒金门

　　风丝袅，水浸碧天清晓。一镜①湿云青未了②，雨晴春草草③。　　梦里轻螺④谁扫，帘外落花红小。独睡起来情悄悄，寄愁何处好？

〔注释〕

　　①一镜：指像一面明镜的平静。②青未了：青色一望无际。③草草：忧虑劳神的样子。④轻螺：指黛眉。

〔词解〕

　　这首词以乐景写哀情，凸显了伤春意绪：柔风细细，水面上映出一望无际的云朵。雨过天晴后这春色反而令人增添愁怨。梦中曾与伊人相守，轻轻地为你描画眉毛。梦醒则唯见帘外落花，这一怀愁绪该向何处排解呢？

納蘭詞

好事近

帘外五更风，消受晓寒时节。刚剩①秋衾一半，拥透帘残月。　争教②清泪不成冰？好处便轻别。拟把伤离③情绪，待晓寒重说。

〔注释〕

①剩：与"盛"音意相通。②争教：怎教。③伤离：为离别而感伤。

〔词解〕

这首词写与妻子乍离之后的伤感：竹帘之外传来五更的寒风，在这清秋寒冷的早晨实在让人难以消受。独自孤眠，秋夜冷冰冰的被子因多出了一半，而晓寒难耐，于是拥被对着帘外的残月。怎教清泪不长流呢？泪流至结成冰，如此的哀伤，最好的方法就是不把离别之事放在心上。这离愁别绪待到天亮以后再去想吧。

又

马首望青山，零落繁华如此。再向断烟衰草①（shuāi），认藓碑②（xiǎn）题字③。　休寻折戟④话当年，只洒悲秋泪。斜日十三陵下，过新丰猎骑。

〔注释〕

①衰草：干枯的草。②藓碑：长满苔藓的石碑。藓，苔藓。③题字：为留纪念而写上的字。④折戟：断戟被沉没在沙里，指惨败。

七八

〔词解〕

这首词描绘在北京十三陵的秋猎：越过马头向前望去，眼前是一脉青山，都市的繁华不见了，这里只有萧索冷落的景象。看向被衰草掩盖的石碑，可以辨认出长满苔鲜的古碑上的题字。不要寻思那古往今来兴亡之事，就是眼前的秋色便已令人生悲添慨了。夕阳西下，在这十三陵中打猎的人原来也是从京城过来的啊。

又

何路向家园，历历①残山剩水②。都把一春冷淡③，到麦秋天气④。　　料应重发隔年花，莫问花前事。纵使东风依旧，怕红颜不似。

〔注释〕

①历历：（物体或景象）一个一个清晰分明，意思是零落。②残山剩水：残存的山岳河流，零散的山水，明灭隐现的山水。③冷淡：不热情、不热闹。④麦秋天气：谓农历四五月，麦子成熟后的收割季节。

〔词解〕

这首词抒发与妻子的别离、相思之苦：哪一条才是通往家园的路呢？眼前的一片都是零落的残山剩水而已。春天过去了，已经到了麦收时节，又一次将大好的春光冷落。料想去年的花今年又开了吧，而花前月下的旧事却不敢回味。即使景色如故，也已是年华老去，红颜不再了吧。

一络索

长城

野火①拂云微绿，西风夜哭。苍茫②雁翅列秋空，忆写向、屏山曲③。　　山海④几经翻覆⑤。女墙斜矗。看来费尽祖龙心，毕竟为、谁家筑？

〔注释〕

①野火：指磷火，鬼火。②苍茫：空旷辽远。③屏山曲：如屏风一样曲折的山形，此处指绵延起伏的长城。④山海：山与海。⑤翻覆：巨大而彻底的变化。

〔词解〕

这首词为怀古之作，体现"风人"之旨：大漠荒野之夜，磷火绿光闪闪，好像与天上的云朵连到了一起，西风猎猎，仿佛鬼神夜哭。秋天苍茫的天空里飞过一行行征雁，想要飞过连绵起伏的长城。沧海桑田几经变化，那城墙依然矗立在那里。看来秦始皇是白费心机了，那万里长城究竟是为谁家所建造的呢？

又

过尽遥山如画，短衣①匹马。萧萧②木落③不胜秋，莫回首、斜阳下。　　别是柔肠萦挂④，待归才罢。却愁拥髻向灯前，说不尽、离人话。

〔注释〕

①短衣：短装。古代为平民、士兵等服装。②萧萧：冷落凄清的样子。③木落：落叶。④萦挂：牵挂。

〔词解〕

这首词写征途之上和闺阁之中的景色与情思：穿短衣，乘匹马，在外之人奔驰在征途上。不要在夕阳西下时回首怅惘，那落叶纷飞的景象只能让人徒增悲凉。无尽的牵挂只有待到行人归来，才能消除吧。而对灯夜话之时，述说着别离之苦反倒使人生愁增恨。

又

雪

密洒征鞍①无数，冥迷②远树。乱山重叠杳难分，似五里、蒙蒙③雾。　　惆怅琐窗④深处，湿花轻絮。当时悠扬得人怜，也都是、浓香助。

〔注释〕

①征鞍：犹征马。指旅行者所乘的马。②冥迷：迷蒙，迷茫。③蒙蒙：迷茫的样子。④琐窗：镂刻有花纹图案的窗棂。

〔词解〕

这首词为咏雪之作：马背上落满密洒的白雪，远处树木冥迷，乱山杳渺，不甚分明，仿佛一切都置于蒙蒙雾中。雪花飘入了窗棂，好像是湿花柳絮，又勾起了无限感怀。那纷飘的雪花之所以惹人怜爱，除了它那轻盈的体态之外，还由于它得到了浓郁芳香的暗助。

清平乐

烟轻雨小，望里青难了。一缕断虹^①垂树杪^②，又是乱山残照^③。　　凭高目断征途，暮云千里平芜^④。日夜河流东下，锦书应托双鱼。

〔注释〕

①断虹：一段彩虹，残虹。②树杪：树梢。③残照：落日的光辉，夕照。④平芜：草木丛生的平旷原野。

〔词解〕

这首词是于塞上写离情：烟雨迷蒙，放眼望去满眼青色，没有尽头。又到了夕阳落入群山的时候，树梢上挂着一段彩虹。登高远眺，望断征途，只看到一片暮云停驻于千里旷野。河水昼夜不停地向东流去，就像我对你的思念之情，于是将这一份相思之苦托双鱼为你寄来。

又

青陵蝶梦^①，倒挂怜么凤^②。退粉收香情一种，栖傍玉钗^③偷共。　　愔愔^④镜阁^⑤飞蛾，谁传锦字^⑥秋河^⑦？莲子依然隐雾，菱花暗惜横波。

〔注释〕

①青陵蝶梦：指离别的妻室。②么凤：鹦鹉的一种。③玉钗：玉制的钗。由两股合成，燕形。亦指美丽的女

子。④悄悄：幽深貌，悄寂貌。⑤镜阁：指女子的住处。
⑥锦字：书信。⑦秋河：银河。

〔词解〕

这首词表达对亡妻的怀念：你我天上人间，人神两隔，而那可爱的鹦鹉却仍在架上。你虽然已经逝去，但是你我的情义却未消减，偷偷地拿着你留下的遗物以期得到慰藉。阁中寂寂，只有飞蛾相伴，还有谁再来书信呢？当初你怜我爱志存高远、待时而起的深意如今我依然记得，而现在我只有对镜暗自伤情，又仿佛看到了你那一双美丽动人的眼睛。

又

将愁①不去，秋色行难住。六曲屏山②深院宇，日日风风雨雨。　　雨晴篱菊③初香，人言此日重阳。回首凉云暮叶，黄昏无限思量。

〔注释〕

①将愁：长久之愁。将，长久。②六曲屏山：如山峦般曲折往复的屏风。③篱菊：谓篱下的菊花。

〔词解〕

这首词是重阳节的感怀之作：绵绵清愁挥之不去，无尽的秋色也难以留住。屏风掩映下那深深的庭院，整日愁风冷雨，不曾停歇。好不容易天晴了，菊花吐露出芬芳，听说今天正是重阳节。回望天边那阴云和暮色中的树叶，不由产生无限的思绪。

又

凄凄切切^①，惨淡黄花节^②。梦里砧声^③浑未歇，那更乱蛩^④悲咽^⑤。　　尘生燕子空楼，抛残弦索^⑥床头。一样晓风残月，而今触绪^⑦添愁。

〔注释〕

①切切：哀怨、忧伤貌。②黄花节：指重阳节。③砧声：捣衣声。④蛩：指蟋蟀。⑤悲咽：悲伤呜咽。⑥弦索：弦乐器上的弦，指弦乐器。⑦触绪：触动心绪。

〔词解〕

这首词是一首触景伤情之作：在这惨淡的深秋之时，一切都变得凄凄切切，无限悲凉。那梦里的砧杵捣衣声还没停下来，又传来蟋蟀嘈杂的悲鸣声。你曾居住的楼空空荡荡，弦索抛残，晓风残月，无不是惨淡凄绝，如今一起涌入眼帘，触动无限清愁。

又

忆梁汾

才听夜雨，便觉秋如许。绕砌蛩螀^①人不语，有梦转愁无据^②。　　乱山千叠横江^③，忆君游倦^④何方。知否小窗红烛。照人此夜凄凉。

〔注释〕

①蛩螀：蟋蟀和寒蝉。蛩，蟋蟀。螀，寒蝉。②无据：不足凭、不可靠。③横江：横陈江上，横越江上。④游倦：

静夜相思

　　杨柳岸，晓风残月，凄凉无处诉。是处红衰翠减，惨淡菊花落，长夜无眠，偏寒蛩不住鸣，更惹愁绪。

犹倦游，指仕宦飘泊潦倒。

〔词解〕

　　这首词是秋夜念友之作，抒发对好友顾贞观深切的怀念：才刚刚听到窗外的雨声，就已感觉到秋意已浓。是那蟋蟀和寒蝉的悲鸣声，让人在梦里产生无限哀怨的吗？乱山一片横陈江上，你如今漂泊在哪里呢？是否知道有人在小窗红烛之下，因为思念你而倍感凄凉？

又

　　塞鸿^①去矣，锦字^②何时寄。记得灯前佯（yáng）忍泪，却问明朝行未。　　别来几度如珪^③（guī），飘零落叶成堆。一种晓寒残梦，凄凉毕竟因谁。

〔注释〕

　　①塞鸿：塞外的鸿雁。②锦字：代指书信。③珪：同"圭"，古代帝王或诸侯在举行典礼时持的一种玉器，上圆下方，此处借喻月圆而缺。

〔词解〕

　　这首词是塞上怨离之作：自从离别之后，日日盼望的家书何时才能到来？记得我临走之时，你在灯前强忍着泪水，却问我明天是否出发。分别之后，月亮已经几度圆缺，如今已是深秋，落叶成堆。残梦凄凉，孤独难耐，相思怨别，这一切究竟是为了谁？

又

　　风鬟雨鬓^①（huán bìn），偏是来无准。倦倚玉阑看（lán）

月晕②，容易语低香近。　软风③吹遍窗纱④，心期更隔天涯。从此伤春伤别，黄昏只对梨花。

〔注释〕

①风鬟雨鬓：形容妇女在外奔波劳碌，头发散乱。②月晕：又称"风圈"，月光被云层折射，在月亮周围形成的光圈。③软风：柔和的风。④窗纱：窗户上安的纱布、铁纱等。

〔词解〕

记得旧时相约，你总是不能如约而至。曾与你倚靠着栏杆在一起闲看月晕，软语温存，情意缠绵，那可人的缕缕香气更是令人销魂。如今与你远隔天涯，纵使期许相见，那也是可望而不可即了。从此以后便独自凄清冷落、孤独难耐，面对黄昏、梨花而伤春伤别。

又

秋思

孤花片叶，断送清秋节①。寂寂绣屏香篆②灭，暗里朱颜③消歇④。　谁怜散髻吹笙⑤，天涯芳草关情。懊恼隔帘幽梦，半床花月纵横。

〔注释〕

①清秋节：清爽的秋天时节。②香篆：篆香，形似篆文。③朱颜：红润美好的容颜，指美人。④消歇：消失，

止歇。⑤吹笙：喻饮酒。

〔词解〕

这首词写清秋懊恼的情怀：孤单的花朵和零碎的叶子，就这样将清秋时节送走了。寂静的闺阁之中，篆香已经燃尽，美丽的容颜因悲秋而消瘦。谁能了解那对影独酌的感受，那天涯无边的芳草总能牵动人的情怀。幽梦难成，空对半床花月之景，怎不叫人懊恼神伤！

又

弹琴峡题壁

泠泠^①彻夜^②，谁是知音者。如梦前朝何处也，一曲边愁难写。　　极天^③关塞^④云中，人随落雁西风。唤取红襟翠袖，莫教泪洒英雄。

〔注释〕

①泠泠：形容清凉、冷清，借指清幽的声音。②彻夜：整夜，一夜。③极天：指天之极远处，远处。④关塞：边关，边塞。

〔词解〕

这首词抒发了关塞行役之愁：水声清幽悦耳，彻夜回荡，但谁又是它的知音呢？前朝如梦、边愁难写。极目望去，天边的云中，征人与征雁同行于秋风之中。如此悲凉之景，让人不禁伤怀，只好唤来歌女消愁，不要让英雄热泪轻易落下。

又

上元①月蚀②

瑶华③映阙，烘散羃墀④雪。比似寻常清景⑤别，第一团圆时节。　　影娥⑥忽泛初弦⑦，分辉借与宫莲。七宝修成合璧，重轮岁岁中天。

〔注释〕

①上元：俗以农历正月十五日为上元节，又叫元宵节。②月蚀：月食。③瑶华：指美玉。④羃墀：生长着瑞草的殿阶。⑤清景：清光。⑥影娥：影娥池。⑦初弦：上弦月，指阴历每月初七、八的月亮。

〔词解〕

这首词全用白描写月食，前后八句，写了月食的全过程及其不同的景象：上阕前一句描绘了月全食时所见的景象，入蚀之月仿佛是光彩照人的美玉一般，生长着瑞草的殿阶上，呈现出洁白一片的景象。景象与往年相比，更富朦胧感、梦幻感，可谓是第一团圆之节。下阕写月出蚀之情景，前两句写月蚀渐出，犹如初弦夜之景，后两句写蚀出复圆，清辉洒满天上人间。

忆秦娥

龙潭口

山重叠①，悬崖一线天疑裂。天疑裂，断碑②题字，古苔横啮③。　　风声雷动鸣金铁③，阴森潭底蛟龙④窟。蛟龙窟，兴亡满眼，旧时明月。

〔注释〕

①重叠：同样的东西层层堆叠。②断碑：断裂残缺的石碑。③鸣金铁：形容风雷声如同金钲戈矛撞击之的声音。④蛟龙：传说中能使洪水泛滥的一种龙。

〔词解〕

这首词写龙潭口的景致及感受：龙潭口群山环绕，举目望去，天空只露一线，仿佛是天幕要裂开了。断碑上长满了苍苔，那苍苔好像在啃咬着碑文。龙潭口处如同风雷大作，发出了如同金钲戈矛撞击般的巨大声响，那阴森的潭底正是蛟龙的洞府吧。旧时的明月仍在，叫人升起无限怅惘之情、兴亡之叹！

又

春深浅①，一痕摇漾②青如剪。青如剪，鹭鸶③立处，烟芜④平远。　　吹开吹谢东风倦，缃桃⑤自惜红颜变。红颜变，兔葵燕麦，重来相见。

〔注释〕

①深浅：偏义词，指深。②摇漾：摇动荡漾。③鹭鸶：水鸟名，又叫"鸹鹥"，翼大尾短，颈和腿很长，捕食小鱼。④烟芜：烟雾中的草丛。⑤缃桃：缃核桃，结浅红色果实的桃树。

〔词解〕

　　这首词用刘禹锡玄都观诗之典暗喻了今昔之感：春已深，春水摇荡着，岸边露出整齐如剪的青绿色的涨水痕迹。那正是鹭鸶站立的地方，烟雾中草地一片凄迷，看不到尽头。东风吹来，将百花吹开，又将百花吹谢，桃花在这春风中感受着红颜的渐变。红颜将老，眼前这凄凉的景色谁又重来相看呢！

又

　　长飘泊，多愁多病心情恶。心情恶，模糊一片，强分哀乐[1]。　　拟将欢笑排离索[2]，镜中无奈颜非昨。颜非昨，才华尚浅，因何福薄？

〔注释〕

　　[1]强分哀乐：指喜怒哀乐分辨不清。强分，勉强分辨。[2]离索：指离群索居的萧索之感。

〔词解〕

　　这首词感慨自己的人生：长年飘泊在外，又加上这多愁多病之身，心情怎么能好呢。喜怒哀乐都分辨不清了，所有的感受交织在一起，模糊不清。想要排遣这离群索居的落寞而强颜欢笑，无奈镜中的容颜已逐渐衰败，今非昔比了。奈何日月蹉跎，人生易老，唯有自叹福薄！

阮郎归

　　斜风细雨正霏霏[1]，画帘[2]拖地垂。屏山

纳
兰
词

几曲篆香③微，闲庭④柳絮飞。　　新绿密，乱红稀。乳鸳残日啼。余寒欲透缕金衣，落花郎未归。

〔注释〕

①霏霏：雨雪纷飞的样子。②画帘：有画饰的帘子。③篆香：像篆字的香。④闲庭：安静的庭院。

〔词解〕

这首词表达的是伤春伤别的愁情：斜风轻拂，细雨霏霏，画帘垂地，屏风曲回，香烟袅袅，闲庭飞絮，花红柳绿，乳鸳啼晚，四处一片春意。春寒料峭，凉透锦衣，春意阑珊之时，为何你还没有归来！

画堂春

一生一代一双人①，争教②两处销魂。相思相望不相亲，天为谁春？　　浆向蓝桥③易乞，药成碧海难奔。若容相访饮牛津，相对忘贫。

〔注释〕

①一生一代一双人：语出唐骆宾王《代女道士王灵妃赠道士李荣》："相怜相念倍相亲，一生一代一双人。"②争教：怎教。③蓝桥：在陕西蓝田东南蓝溪上。

〔词解〕

这是一首爱情词，是词人对可遇不可求的恋情的独白：既然我们是天生一对，为何又让我们天各一方，两处销魂呢？相思相望却不能相亲相爱，那么这春天又是为谁而设呢？蓝桥之遇并非难事，难的是纵有不死之灵药，但却难像嫦娥那样飞入月宫去与你相会。若能渡过迢迢银河与你相聚，便是做一对贫贱夫妇，我也心满意足了。

眼儿媚

独倚春寒掩夕扉^①，清露泣铢衣^②。玉箫吹梦，金钗画影^③，悔不同携。　　刻残红烛^④曾相待^⑤，旧事总依稀。料应遗恨，月中教去，花底催归。

〔注释〕

①夕扉：傍晚的雾霭。②铢衣：传说神仙穿的衣服。③画影：比喻看不真切的美丽景色。④刻残红烛：古人在蜡烛上刻度，烧以计时。⑤相待：对待。

〔词解〕

这首词抒写对恋人的思念：独自伫立在春天傍晚的雾霭之中，细雨将衣服打湿。梦里都是你美丽的身影，那些相携相伴的美好时光却偏偏失掉了，怎不叫人懊悔。夜已深沉，曾经秉烛相待，如今往事依稀。想必会终生遗憾，花前月下的往事，已经一去不回。

又

重见星娥^①碧海查，忍笑却盘鸦^②。寻常多少，月明风细，今夜偏佳。　　休笼^③彩笔闲书字，街鼓④已三挝⑤。烟丝欲袅，露光微泫，春在桃花。

〔注释〕

①星娥：神话传说中的织女。此处指明眸善睐的美女。②盘鸦：指妇女盘卷黑发而成的头髻。③笼：同"拢"，牵、拢之意。④街鼓：设置在京城街道的警夜鼓。⑤挝：敲打。

〔词解〕

这首词写与爱妻重逢的喜悦之情：终于再次见到你那美丽的容颜了，你强忍笑意将乌黑的发髻盘起，仿佛天上的仙女般动人。风和月明，良辰美景，这种情景往日虽也曾有过，可是今夜却胜过往常。不再拈笔写什么字，夜已深，街上已敲过了三更鼓，还是喜不自持。香烟缭绕中，更见人面桃花，光采照人。

又

咏 梅

莫把琼花①比淡妆②，谁似白霓裳③。别样清幽，自然标格④，莫近东墙⑤。　　冰肌玉骨⑥天分付，兼付与凄凉。可怜遥夜，冷烟和月，疏影横窗。

〔注释〕

①琼花：比喻雪花。②淡妆：淡雅的妆饰。③霓裳：谓神仙的衣裳。相传神仙以霓为裳。④标格：风范、品格。⑤东墙：东边的墙垣。⑥冰肌玉骨：用于赞美妇女的

皮肤光洁如玉，形体高洁脱俗，这里形容雪中梅花的超逸之态。

〔词解〕

这首词吟咏梅花高洁的品格：不要将雪花当成自己淡雅的妆饰，要知道梅花才真的是像白色霓裳那样美丽！别样的幽独清香，高洁的风度格调，不要靠近东墙去玩赏，因为看一眼就让人魂牵梦萦。她那冰肌玉骨的美丽风采是上天所赋予的，同时也给了她斗寒开放，清幽高洁的孤寂与冷落。可怜在这漫漫长夜之中，伴随着明月清辉，暗香浮动，疏影散满窗棂。

朝中措

蜀弦^①秦柱^②不关情^③，尽日掩云屏^④。已惜轻翎^⑤退粉，更嫌弱絮^⑥为萍。　　东风多事，余寒吹散，烘暖微醒^⑦。看尽一帘红雨，为谁亲系花铃。

〔注释〕

①蜀弦：蜀琴，汉蜀郡司马相如所用的琴。相传相如工琴，故名。亦泛指蜀中所制的琴。②秦柱：犹秦弦。古秦地（今陕西一带）的一种弦乐器。似瑟，传为秦蒙恬所造，故名。③关情：动情。④云屏：有云形彩绘的屏风，或用云母作装饰的屏风。⑤轻翎：蝴蝶。⑥弱絮：轻柔的柳絮。⑦微醒：微醉。

〔词解〕

这首词写暮春之景和伤春之情：春日寂寂，百无聊赖，美好动听的琴瑟之声也引不起激动的情感，整日都掩上云母屏独自幽伤。面前蝴蝶已经褪粉，柳絮也飘落水中，已是春事消歇了。尽管春日东风温煦，吹散了余寒，暖意融融令人陶醉，然而也摧残花落。唉！看那花瓣随风飘落，当初的护花铃恐怕已经没有用处了。

摊破浣纱溪

林下①荒苔道韫②家，生怜③玉骨④委尘沙。愁向风前无处说，数归鸦。　　半世浮萍随逝水，一宵冷雨葬名花。魂是柳绵吹欲碎，绕天涯。

〔注释〕

①林下：幽僻之境，引申为退隐或退隐之处。②道韫：谢道韫，东晋诗人，谢安侄女，王凝之之妻。③生怜：可怜。④玉骨：清瘦秀丽的身架，多形容女子的体态。

〔词解〕

这首词饱含伤悼之意，概为亡妻而做：林下那僻静之地本是谢道韫的家，如今已是荒苔遍地，可怜那美丽的身影被埋在了一片荒沙之中。这生死离愁无处诉说，只能抬头尽数黄昏归来的乌鸦。半生的命运就如随水漂流的浮萍一样，无情的冷雨，一夜之间便把名花都摧残了。那一缕芳魂是否化为柳絮，终日在天涯飘荡！

又

风絮①飘残已化萍，泥莲②刚倩③藕丝萦④。珍重别拈⑤香一瓣，记前生。　　人到情多

卷二

九七

不忍别离

　　情到浓时，不忍别离，何况天人永隔？纳兰痛失爱妻，彷徨无度，只得每日在梦中与妻相见，尽诉相思之苦，离别之痛。当初心安理得地享受各种美好时光，连妻的面容都未仔细端详，现在生怕妻子离去太久，不记得她的面容。情之深切，可见一斑。

納蘭詞

情转薄，而今真个悔多情。又到断肠回首处，泪偷零。

〔注释〕

①风絮：随风飘落的絮花，多指柳絮。②泥莲：指荷塘中的莲花。③倩：请、恳请。④萦：萦绕、缠绕。⑤拈：用手指搓捏或拿东西。

〔词解〕

从"记前生"句来看，这首词是怀念亡妻之作：柳絮飘落水中化为点点浮萍，池中的莲花被藕丝缠绕。分别之时手中握着一片芳香的花瓣，道声珍重，记取前生。人若太过多情，情就会变得淡薄，如今终于知道这个道理，于是后悔自己太多情。又来到让人断肠的离别之处，无限伤情，泪水也暗自滑落。

又

欲话心情梦已阑^①，镜中依约^②见春山^③。方悔从前真草草，等闲看。　　环佩^④只应归月下，钿钗何意寄人间。多少滴残红蜡泪，几时干。

〔注释〕

①阑：残、尽。②依约：仿佛，隐约。③春山：春日的山，亦指春日山中。④环佩：古人衣带所佩的环形玉佩，妇女的饰物。

〔词解〕

这首小令抒写对亡妻的思念：梦已尽，她那可爱的面庞和身影仿佛重又映在了镜中，依稀可见。当初伊人在时没有认真看过她美丽的容貌，现在真的悔不当初。而今她早已逝去，归于如梦一般的月下之境。她的遗物依旧留在了人间，然而物是人非，更令人悲痛难堪。睹物思人，泪蜡不干，就如同我想念你的眼泪一般。

又

小立红桥柳半垂，越罗①裙飏yáng缕金衣②。采得石榴③双叶子，欲贻谁？　　便是有情当落日，只应无伴送斜晖huī。寄语东风休着力④，不禁吹。

〔注释〕

①越罗：越地所产的丝织品，以轻柔精致著称。②缕金衣：绣有金丝的衣服。③石榴：石榴树。④着力：用力、尽力。

〔词解〕

这首词写的是女子伤春的情态：她在红桥垂柳畔伫立，风儿吹动罗衣，衣袂飘飘。伸手将石榴的叶子采下两片，可是又该把它送给何人呢？纵使心中万种情，也只能独自一人空对斜阳。那东风啊，请不要吹得太过用力，风中的人儿已禁受不起了。

又

一霎①灯前醉不醒，恨如春梦②畏分明。淡月淡云窗外雨，一声声。　　人到情多情转薄，而今真个不多情。又听鹧鸪^③啼遍了，短长亭。

〔注释〕

①一霎：时间极短。②春梦：春夜的梦。比喻转瞬即逝的好景，也比喻不能实现的愿望。③鹧鸪：一种鸟。体形似雷鸟而稍小，头顶紫红色，嘴尖，红色，脚短，亦呈红色。

〔词解〕

这首词写离恨：孤灯之前，一下子沉醉不醒，又怕醉中梦境与现实分割开来。窗外有舒云淡月，细雨声声。人说若太多情，情谊就会变得淡薄，而现在我已经真的不再多情了。可是，窗外又传来鹧鸪啼鸣之声，不知那送别的短亭长亭之处是否有人驻足倾听？

又

昨夜浓香分外宜，天将妍暖^①护双栖^②，桦烛^③影微红玉^④软，燕钗^⑤垂。　·　几为愁多翻自笑，那逢欢极却含啼^⑥。央及莲花清漏滴，莫相催。

〔注释〕

①妍暖：谓晴朗暖和。②双栖：飞禽雌雄共同栖息，比喻夫妻共处。③桦烛：用桦木皮卷蜡做成的烛。④红玉：红色宝玉，古常以比喻美人的肤色。⑤燕钗：旧时妇女别在发髻上的一种燕子形的钗。⑥含啼：犹含悲。

〔词解〕

　　这首词追忆与恋人欢度良宵的情景：那天夜里，天气晴好，浓香缭绕，分外宜人，你我双栖双宿。烛光下，你花颜云鬓，不胜美丽。刚笑自己多愁善感，相逢时又喜极而泣。莲花漏声声清脆，良宵苦短，请你莫要催促我离去！

青衫湿

悼亡

　　近来无限伤心事，谁与话长更？从教①分付②，绿窗红泪③，早雁初莺。　　当时领略④，而今断送，总负多情。忽疑君到，漆灯⑤风飐zhǎn，痴数春星。

〔注释〕

　　①从教：听任，任凭。②分付：同"吩咐"。③红泪：指伤离或死别的眼泪。④领略：欣赏，晓悟。⑤漆灯：灯明亮如漆谓之"漆灯"。

〔词解〕

　　这首词抒发对亡妻深切怀念的痴情：近来我有很多的心事，你不在了，我要向谁诉说？一切都听凭安排，绿窗之下的离别之泪，春天里的莺歌燕语。这一切都曾经领略过，如今却一去不返，空负这一片痴情。恍惚之间仿佛感受到你来到我的身边，在风中的烛光下默默地数着春夜里的繁星。

落花时

（按此调谱律不载，疑亦自度曲。一本作好花时）

夕阳谁唤下楼梯，一握香荑①。回头忍笑阶前立，总无语、也依依②。　　笺书直恁无凭据③，休说相思。劝伊好向红窗醉，须莫及、落花时。

〔注释〕

①香荑：柔软而芳香的茅草嫩芽。荑，茅草的嫩芽。②依依：美丽的样子。③笺书直恁无凭据：指书信中的期约竟如此不足凭信，即谓误期爽约之意。笺书，信札，文书。直恁，犹言竟然如此。无凭据，不能凭信，难以料定。

〔词解〕

这首词刻画恋人相会时的场景：夕阳中，谁把她从楼上唤出，手握一把香草。下得楼来，她却忍着笑意立在阶前，一语不发，尽管如此却依然美丽。信中相约却未如期而至，如今就不要再说什么相思了。劝你沉醉小窗，还没有到落花相见之时呢！

锦堂春

秋海棠①

帘际一痕轻绿，墙阴几簇低花。夜来微雨西风软，无力任欹斜②。　　仿佛个人睡起，晕红③不著铅华④。天寒翠袖⑤添凄楚，

赏海棠

　　海棠花红艳妖娆，楚楚可怜，让人顿生怜惜。不独纳兰，苏轼也曾作诗："只恐夜深花睡去，故烧高烛照红妆。"对海棠花的怜爱之情，跃然纸上。

愁近欲栖鸦。

〔注释〕

①秋海棠：多年生草本植物，叶背和叶柄带紫红色，花淡红色，供观赏。②攲斜：歪斜不正。③晕红：中心浓而四周渐淡的一团红色。④铅华：妇女化妆用的铅粉。⑤翠袖：青绿色衣袖，泛指女子的装束，这里指秋海棠的绿叶。

〔词解〕

这首词是吟咏秋海棠：珠帘外一缕淡淡的轻烟，墙阴处几簇矮矮的鲜花。昨夜秋风吹来一场细雨，花枝无力任凭风雨将她吹斜。那娇美的神态仿佛美人睡起之后脸上泛起的红色，不施粉黛却娇艳欲滴。寒风中那绿色的衣袖更为她平添了几许凄楚，在黄昏之中徒增无限清愁！

海棠春

落红片片浑如雾，不教更觅桃源路①。香径②晚风寒，月在花飞处。　　蔷薇影暗空凝伫zhù，任碧飚③轻衫萦yíng住。惊起早栖鸦，飞过秋千去。

〔注释〕

①桃源路：桃源，即桃花源，晋陶渊明在《桃花源记》中描写了一个与世隔绝、安居乐业的好地方，用以比喻不受外界影响的地方或理想中的美好地方。②香径：花间小路，或指满地落花的小路。③飚：颤动、摇动。

〔词解〕

这首词勾画月夜下孤清寂寞的情景：春风吹过，落花纷纷，如烟似雾，叫人禁不住要去寻觅那世外桃源。花间小径，晚风伴着轻寒，将花瓣吹到月光底下。墙壁上蔷薇的倩影里，有人默默地伫立凝望着眼前的一切，任凭风吹衣袂，花瓣萦绕。清风惊起早醒的晨鸦，使得它们扇动着翅膀飞过秋千去了。

河渎神

风紧雁行高，无边落木萧萧①。楚天魂梦与香消，青山暮暮朝朝。　　断续凉云②来一缕，飘堕几丝灵雨③。今夜冷红④浦溆⑤，鸳鸯栖向何处？

〔注释〕

①无边落木萧萧：描绘深秋的景色，化用杜甫《登高》："无边落木萧萧下，不尽长江滚滚来。"②凉云：阴凉的云。③灵雨：好雨。④红：指水草，一名水荭。⑤浦溆：水滨，水边。

〔词解〕

这首词表达相思之情：西风卷地，落叶无边。你我之情如同楚天云雨般，朝朝暮暮。凉云飘过，灵雨几丝，秋已深，夜已深，水边红草萋萋，寒意袭人，不知那鸳鸯又栖息何处，那爱人又身在何处？

又

凉月①转雕阑²，萧萧木叶声干③。银灯飘落琐窗闲，枕屏④几叠秋山。　　朔风吹透青缣^{jiān}被，药炉火暖初沸。清漏沉沉无寐^{mèi}，为伊判得憔悴。

〔注释〕

①凉月：秋月。②雕阑：雕栏，华美的栏杆。③干：形容声音清脆。④枕屏：枕前的屏风。

〔词解〕

这首词书写相思之苦：秋月转过了雕栏，窗外传来的是萧萧的清脆的落叶之声。灯光在窗边摇曳，枕前的屏风如山峦起伏。北风吹透了锦被，寒意顿生，药在炉上沸腾。漏声清晰地回响耳畔，对你的思念即使让我憔悴，也无怨无悔。

太常引

自题小照

西风乍起峭寒^{qiào}①生，惊雁②避移营③。千里暮云平，休回首、长亭短亭。　　无穷山色，无边往事，一例冷清清。试倩玉箫④声，唤千古、英雄梦醒。

〔注释〕

①峭寒：料峭的寒意。②惊雁：犹言惊弓之鸟。③移营：转移营地。④玉箫：玉制的箫或箫的美称。

〔词解〕

这是一首题写在画像上的小令：上阕写塞上之景，秋风吹起，寒意顿生，惊雁移营。蓦然回首，千里暮云之下长亭接着短亭。下阕婉转抒情，无穷的山色，无尽的往事都沉浸在这冷冷清清的秋意之中。谁来吹起箫声唤醒英雄旧梦！

又

晚来风起撼花铃^①，人在碧山亭。愁里不堪听，那更杂、泉声雨声。　　无凭^②踪迹，无聊心绪，谁说与多情。梦也不分明，又何必、催教梦醒。

〔注释〕

①花铃：护花铃。用以惊吓鸟雀，保护花草。②无凭：无所凭据，即无法寻找。

〔词解〕

这首词抒发词人的无聊心绪：夜来风起摇动了护花铃，铃声传入伫立在碧山亭里的人耳中。这声音忧愁的人如何能听得，更何况还夹杂了泉声雨声。知我者已经踪迹全无，难以寻觅，还有谁能听我诉说衷情。不甚分明的梦境或可宽解，但恼人的声响又催人梦醒。

四和香

麦浪翻晴风飐^①柳，已过伤春^②候。因甚为他成僝僽^③，毕竟是、春拖逗^④。　　红药阑边携素手，暖语浓于酒。盼到园花铺似绣，却更比、春前瘦。

〔注释〕

①飐：风吹物使其颤动摇曳。②伤春：因春天到来而引起忧伤、苦闷。③僝僽：烦恼、忧愁。④拖逗：挑逗、勾引、引诱。

〔词解〕

夏至春归，伤春的时节已经过了，而他还在因为什么烦恼？原来是伤春意绪仍在，春愁挑逗。记得当年在芍药花下牵你的手，那耳畔暖语更胜美酒。好不容易盼到了繁花似锦的时候，可如今孤独的人却更加憔悴、消瘦。

添字采桑子

（按此调词律不载，词谱有促拍采桑子，字同句异。一本作采花。）

闲愁似与斜阳约，红点苍苔①，蛱蝶②飞回。又是梧桐新绿影，上阶来。　　天涯望处音尘③断，花谢花开，懊恼离怀。空爪钿筐④金缕绣，合欢鞋。

〔注释〕

①苍苔：青色苔藓。②蛱蝶：蛱蝶科的一种蝴蝶，翅膀呈赤黄色，有黑色纹饰。③音尘：音信，消息。④钿筐：镶嵌金、银、玉、贝等物的筐。

〔词解〕

这首词写离愁：愁情仿佛是与夕阳有约，正当愁绪满怀之时，偏又逢夕阳西下，看那蛱蝶飞来落在了苍苔之上，点点红色，梧桐树的绿荫再次映上了台阶。花开花谢，望断天涯却音信全无，怎不让人懊恼满怀？开启螺钿奁，只剩下一双金缕绣织的鞋子，而鞋子的主人却不在身边了。

荷叶杯

帘卷落花如雪，烟月^①。谁在小红亭？玉钗敲竹乍闻声，风影^②略分明。　　化作彩云飞去，何处？不隔枕函^③边，一声将息晓寒天，肠断又今年。

〔注释〕

①烟月：云雾笼罩的月亮，朦胧的月色。②风影：随风晃动的物影。③枕函：中间可以藏物的枕头。

〔词解〕

上阕写幻象，在落花如雪的月夜里，朦胧中是谁伫立在小红亭里，俄而传来几声玉钗敲竹般的声响，看去她身影历历，伫立风中。那身影蓦然化作彩云飞逝，要飞往何处？一切如梦如幻。然而与她在枕边的情义总是无法隔断，难以忘情的，道一声珍重，又将天明，断肠人又要在愁苦中度过一年。

又

知己一人谁是？已矣。赢得误他生。有情终古似无情，别语悔分明。　　莫道芳时易度，朝暮。珍重好花天^①。为伊指点再来缘②，疏雨洗遗钿。

〔注释〕

　　①好花天：指美好的花开季节。②再来缘：下世的姻缘，来生的姻缘。

〔词解〕

　　这首词为怀念亡妻而作：谁是那唯一的知己？可惜已经离我而去，只有来世再续前缘。多情自古以来都好似无情，这种境况无论醉醒都是如此。朝朝暮暮，如烟似雾，那大好的春色不要白白错过。雨中拿着你的遗物睹物思人，但愿能来世相见。

寻芳草

萧寺①纪梦

　　客夜怎生②过？梦相伴、绮窗吟和③。薄嗔佯笑④道，若不是恁凄凉，肯来么？　　来去苦匆匆，准拟⑤待、晓钟⑥敲破。乍偎人、一闪灯花堕，却对着琉璃火。

〔注释〕

　　①萧寺：佛寺。②怎生：怎样，怎么。③吟和：吟诗唱和。④薄嗔佯笑：假意嗔怒、故作嗔怪。⑤准拟：料想，打算。⑥晓钟：报晓的钟声。

〔词解〕

　　这首词为记梦之作，表达对恋人的怨离之情：这客宿山寺之夜要如何度过？梦里与伊人相会，诗词唱和，故作嗔怪地说："如果不是太过凄凉冷清，你肯过来陪我吗？"

可惜好梦不长，来去匆匆，晓钟敲破晨霭，忽而梦断，灯花坠落，自己却空对着琉璃灯，令人不胜怅惘。

菊花新

送张见阳令江华①

愁绝②行人天易暮，行向鹧鸪声里③住，渺渺洞庭波，木叶下、楚天何处？　折残杨柳应无数，趁离亭笛声吹度。有几个征鸿④，相伴也、送君南去。

〔注释〕

①江华：汉置冯乘县，唐置江华县，改曰云溪，寻复故，唐初置县在五保之地，神龙初迁于寒亭北阳华岩之江南，故名江华，在今湖南江华东南，现为瑶族自治县。②愁绝：极度忧愁。③鹧鸪声里：鹧鸪声含有惜别之意，同时指张见阳将去的江华之地，地在西南方，故云。④征鸿：征雁。

〔词解〕

这首词为送别之作：你就要赴任到遥远的江华，此刻送行为之生愁添恨，而天色也仿佛变得晦暗迷蒙了。故人将去的江华，此时也正是秋色凄凉，令人惆怅。依依难舍，杨柳折断了无数次，本应趁着长亭离宴上的笛声作别，却仍不忍分手离去。天空飞过几只征雁，就让它们陪你远行，与你做伴吧。

納蘭詞

南歌子

翠袖凝寒①薄，帘衣②入夜空。病容扶起月明中，惹得一丝残篆③、旧熏笼。　　暗觉欢期过，遥知别恨同。疏花已是不禁风，那更夜深清露④、湿愁红⑤。

〔注释〕

①凝寒：严寒。②帘衣：帘幕。③残篆：指点燃的篆香将要燃尽。④清露：洁净的露水。⑤愁红：谓经风雨摧残的花，亦以喻女子的愁容。

〔词解〕

这首词写离愁别恨：夜幕降临，帘幕里空空寂寂，他不在身旁，不免感到严寒凄冷。明月之下，支撑起这多病之躯，惹得将尽的残香烟雾缭绕。心里明白约定的欢会之日已过，想必你也跟我一样离恨难销。人已经病容满面，弱不禁风了，哪里还禁得起这夜来的愁苦相思呢！

又

暖护樱桃①蕊，寒翻蛱蝶翎②。东风吹绿渐冥冥③，不信一生憔悴、伴啼莺。　　素影④飘残月，香丝⑤拂绮棂⑥。百花迢递⑦玉钗声，索向绿窗寻梦、寄余生。

〔注释〕

①樱桃：樱桃属的乔木和灌木。②翎：翎毛，鸟翅和

尾上的长羽毛，这里指翅膀。③冥冥：形容高远、深远，此处谓绿荫渐渐浓密。④素影：月影。⑤香丝：指柳条，又指美人的头发。⑥绮棂：饰有花纹的窗棂。⑦迢递：形容连绵不绝。

〔词解〕

　　春暖花开，樱桃花蕊初绽，和暖的春风仿佛在围护着它，而翻飞的蝴蝶犹带着寒意。东风吹着柳丝，春意渐浓，愁亦渐生，不信平生都只能在莺啼中度过。一弯残月升起，几许柳丝拂动。百花丛中不断传来玉钗声，那声声传情，恍如隔世，遁入梦中。

又

古戍①

　　古戍饥乌②集，荒城③野雉④飞。何年劫火⑤剩残灰，试看英雄碧血⑥，满龙堆⑦。　　玉帐空分垒，金笳已罢吹。东风回首尽成非，不道兴亡命也，岂人为！

〔注释〕

　　①古戍：边疆古老的城堡、营垒。②饥乌：饥饿的乌鸦。③荒城：荒凉的古城。④野雉：野鸡。⑤劫火：亦作劫火、刦火、刧火，佛教语，谓坏劫之末所起的大火，后亦借指兵火。⑥碧血：为正义死难而流的血，烈士的血。⑦龙堆：白龙堆的简称，古西域沙丘名，此处谓沙漠。

〔词解〕

　　古老的营垒，成了乌鸦聚集之地，荒凉的城堡中野鸡

納蘭詞

恣意飞舞。这是什么时候的战火留下来的遗迹，曾经骁勇善战的英雄们，他们的碧血丹心如今都被沙漠淹没了。主帅的帐篷，曾经的胡笳，如今都已作古。千年悲叹，回首相望，古今多少是非，说来兴亡都是天定，岂是人为！

秋千索

（按此调词谱不载，或亦自度曲。一本作拨香灰）

渌水亭春望

药阑^①携手^②销魂^③侣，争^④不记、看承^⑤人处。除向东风诉此情，奈^⑥竟日^⑦、春无绪。　　悠扬^⑧扑尽风前絮，又百五、韶光难住。满地梨花似去年，却多了、廉纤雨。

〔注释〕

①药阑：药栏，芍药之栏，泛指花栏。②携手：手拉手。③销魂：形容伤感或欢乐到极点，若魂魄离散躯壳，也作"消魂"。④争：怎，怎么。⑤看承：看待，对待。⑥奈：无奈、怎奈。⑦竟日：终日，从早到晚。⑧悠扬：飘扬。

〔词解〕

这首词是怀思恋人之作：记得当年曾拉着你的手，漫步在园亭中的芍药栏畔。当时特意相迎相会的情景怎能不记得呢！如今，除了向东风诉说我的衷情之外便无知己，即使面对这满园的春色，我也终日无语。飘飞的柳絮、满地的梨花依然如昔，但伊人却踪影难觅。寒食日又过去了，美好的时光总是如此短暂，看落花满地与去年无异，只是更多了几许愁雨，怎不叫人怆然。

又

游丝^①断续东风弱，浑无语、半垂帘幕。茜_{qiàn}袖^②谁招曲栏^③边，弄一缕、秋千索。　　惜花人共残春薄，春欲尽、纤腰如削。新月才堪照独愁，却又照、梨花落。

〔注释〕

①游丝：指漂浮在空中的蛛丝。②茜袖：女子的红色衣袖，指美女。③曲栏：曲折的栏杆。

〔词解〕

这首词为抚今忆昔、触景伤情之作：春风中的游丝断断续续飘来荡去，屋檐下，帘幕半垂，悄无声息。曲折的栏杆边那穿着红色裙衫的女子，正戏玩着秋千。春日将残，惜春不及，留春不住，伤春不已。一弯新月照着独自伤怀的人，又将光影移到散落满地的梨花之上，怎不叫人愈加憔悴。

又

垆_{lú}边唤酒双鬟_{huán}^①亚^②，春已到、卖花帘下。一道香尘^③碎绿蘋_{píng}^④，看白袷^⑤、亲调马^⑥。　　烟丝宛宛^⑦愁萦挂^⑧，剩几笔、晚晴图画。半枕芙蕖压浪眠，教费尽、莺儿语。

納蘭詞

〔注释〕

①双鬟：古代年轻女子的两个环形发髻，借指少女或婢女。②亚：通"压"，低垂之貌。③香尘：芳香之尘，多指因女子步履而起者，此处指湖水中浮游的水禽划破水面。④绿蘋：绿萍，浮萍。⑤白袷：白色夹衣，旧时平民的服装，亦借指无功名的士人。⑥调马：驯练马匹。⑦宛宛：迟回缠绵的样子。⑧萦挂：牵挂。

〔词解〕

这首词描绘春景：春回人间，放眼望去，看到双鬟低垂的少女在酒垆边买酒。卖花人的帘下已经鲜花盛开，春意盎然。那身穿白衣的人，正在亲自驯马，飞驰而过的尘土搅碎了一池的浮萍。香烟袅袅，牵挂悠悠，不若将这傍晚晴朗的美景画下。半枕着绣着荷花的枕头入眠，即使黄鹂再叫也不要去管它。

忆江南

宿双林禅院①有感

心灰尽，有发未全僧。风雨消磨生死别，似曾相识只孤檠②，情在不能醒。　　摇落③后，清吹④那堪听。淅沥暗飘金井叶，乍闻风定又钟声，薄福荐倾城。

〔注释〕

①双林禅院：指今山西平遥西南七公里处双林寺内之禅院。双林寺内东轴线上有禅院、经房、僧舍等。②孤檠：孤灯。③摇落：凋残，零落。④清吹：清风，此指秋风。

一一六

〔词解〕

心如死灰，除了蓄发之外，已经与僧人无异。只因生离死别，在那似曾相识的孤灯之下，愁情萦怀，梦不能醒。花朵凋零之后，即使清风再怎么吹拂，也将无动于衷。雨声淅沥，落叶飘零于金井，忽然间听到风停后传来的一阵钟声，自己福分太浅，纵有如花美眷、可意情人，却也常在生离死别中。

又

挑灯①坐，坐久忆年时。薄雾笼花娇欲泣，夜深微月下杨枝②。催道太眠迟。　　憔qiáo悴cuì去，此恨有谁知。天上人间俱怅望③，经声佛火两凄迷。未梦已先疑。

〔注释〕

①挑灯：拨动灯火，点灯。亦指在灯下。②杨枝：杨柳的枝条。③怅望：惆怅地想望着。

〔词解〕

这首词为伤悼亡妻之作，回忆起去年此时来，耳中所听、眼中所见都是凄迷之情景，更增添了惆怅：坐在灯下，回想陈年旧事。薄雾之下花影朦胧，夜已深沉，月亮也已经落下杨柳枝头，听你催促我不要睡得太晚，那样的情景历历在目。而今你却已经离去，心中无限忧恨又有谁能知道？你我天人永隔，相互怅惘，在这经声佛火中不胜凄迷，如此光景是梦是幻，还没睡去却已经分不清了。

浪淘沙

红影①湿幽窗，瘦尽②春光。雨余③花外却斜阳。谁见薄衫低髻子？抱膝思量。　　莫道不凄凉，早近持觞。暗思何事断人肠。曾是向他春梦里，瞥遇回廊。

〔注释〕

①红影：指鲜花的影子。②瘦尽：以人之清瘦比喻春日将尽。③雨余：雨后。

〔词解〕

这首词描写相思萦怀的幽独伤感：透过小窗望去，春雨打湿了红花，春光将尽。雨停了，却已是夕阳西下之时。谁看到她穿着单薄的衣衫，低垂着头，抱膝思量的孤独身影？把酒独酌，无限凄凉。曾像做梦一样地在回廊里与她相遇，怎不让我伤心断肠？

又

眉谱①待全删，别画秋山②，朝云③渐入有无间。莫笑生涯浑似梦，好梦原难。　　红咮④啄花残，独自凭阑。月斜风起夹衣单。消受春风都一例，若个偏寒？

〔注释〕

①眉谱：古代女子画眉的图谱。②秋山：秋天里的远山，常用来比喻女子的眉毛。③朝云：早晨的云。④咮：鸟嘴。

〔词解〕

　　那供描眉时参看的眉谱全可以不要了，她又另外画出了如秋山般美丽的眉形，好像是笼罩着朝云的远山，脉脉含情。不要笑谈生涯如梦，好梦原本就很难得。鸟啄落花，春天将残，月夜独自凭栏，清风吹起，倍感单寒。在春风中相思怀远的人都是一样的，身寒、心寒，哪一个会更冷一些呢？

又

　　紫玉①拨寒灰②，心字③全非。疏帘④犹是隔年垂。半卷夕阳红雨⑤入，燕子来时。　　回首碧云⑥西，多少心期⑦，短长亭外短长堤。百尺游丝千里梦，无限凄迷。

〔注释〕

　　①紫玉：指紫玉钗。②寒灰：犹死灰，灰烬，这里喻指心如死灰。③心字：心字香，古人将盘香制成心字形。④疏帘：指稀疏的竹织窗帘。⑤红雨：红色的雨，比喻落花。⑥碧云：青云，碧空中的云。⑦心期：心愿、心意。

〔词解〕

　　这首词写少妇于闺中寂寞无聊的伤春情节：用紫玉钗拨弄篆香的残灰，那"心"字的香形便消失了，竹帘仍像去年那样低垂。夕阳中燕子飞过时卷起落花，飘入香闺。回首远望青云处，盼离人归来，心中无限期许。却只看到远处长亭短堤杳无人迹。于是心思如游丝百尺，春梦万里，无限凄迷。

又

夜雨做成秋，恰上心头，教他珍重护风流①。端的②为谁添病也，更为谁羞？　　密意③未曾休，密愿难酬。珠帘四卷月当楼。暗忆欢期④真似梦，梦也须留。

〔注释〕

①风流：风韵，多指美好的仪态。②端的：究竟、到底。③密意：隐秘的情意。④欢期：佳期，欢聚的日子。

〔词解〕

上阕先写环境氛围，烘托无奈之心境，秋雨袭来，愁上心头，离别之时，互道珍重。究竟是为谁相思成疾，又是为谁害羞？下阕写她对离人的深怀眷念，相思之情未曾断绝，只是想见的心愿难以实现。明月升起，将楼阁四面的珠帘卷起。不由追忆往事，回味欢聚的快乐，如梦如真，叫人怅惘。

又

野店近荒城，砧杵①无声。月低霜重莫闲行②。过尽征鸿③书未寄，梦又难凭④。　　身世等浮萍，病为愁成。寒宵一片枕前冰。料得绮窗孤睡觉，一倍关情。

〔注释〕

①砧杵：捣衣石和棒槌，亦指捣衣。②闲行：微行，

此处为闲步之意。③征鸿：远飞的大雁，即征雁。④难凭：不可凭信。

〔词解〕

这首词抒发的是相思相念之情：上阕描述野店孤寂，一片荒城，听不到思妇的捣衣之声。月夜相思，霜华凝重。虽然鸿雁过尽，然而书信未至，纵有好梦，仍是愁怀难遣。下阕写身世之感和孤独情怀，身世如同浮萍飘浮不定，愁苦成病。寒夜无眠，枕边一片冰冷凄清。料想此时闺中思妇也是孤枕独眠，更加伤情，加倍动情。

又

闷自剔残灯，暗雨空庭①。潇潇②已是不堪听。那更西风偏着意，做尽秋声③。　　城柝④已三更，欲睡还醒，薄寒中夜掩银屏⑤。曾染戒香⑥消俗念，莫又多情。

〔注释〕

①空庭：幽寂的庭院。②潇潇：形容风雨急骤。③秋声：秋天西风起而草木摇落，其肃杀之声令人生情动感，故古人将万木零落之声等称为秋声。④城柝：城上巡夜敲的木梆声。⑤银屏：装有银饰的屏风。⑥戒香：佛家说戒时所燃之香。

〔词解〕

独坐灯前，秋夜空庭，风雨潇潇，已是令人愁闷，偏那西风又于此时送来了秋声，好像是专意要将愁人的烦恼加重。柝声传来，已是三更，身感寒凉袭人，遂将屏风紧掩。本来告诫自己要远离尘世烦恼，如今偏生又开始陷入情里不可自拔。

又

清镜①上朝云，宿篆②犹薰。一春双袂尽啼痕③，那更夜来山枕④侧，又梦归人。 花底病中身，懒约溅裙。待寻闲事⑤度佳辰⑥，绣榻重开添几线，旧谱翻新。

〔注释〕

①清镜：明镜。②宿篆：指隔夜点燃的盘香。③啼痕：泪痕。④山枕：枕头。古代枕头多用木、瓷等制作而成，中凹两端突起，其形如山，故名。⑤闲事：无关紧要的事。⑥佳辰：良辰，吉日。

〔词解〕

这首词是借女子伤春伤离写作者的离恨：上阕由景而起，清晨，朝云映到了明镜里，夜来焚烧的篆香还未燃尽。"一春"三句翻转折进，写梦里梦外无限伤怀，如此涉笔便更透彻，更动人。下阕写相思成病，百般聊赖。想寻求排遣无奈心情的方法，于是拿出以前的绣榻绣上一些新花样来消磨时光。

纳兰词卷三

雨中花

送徐艺初①归昆山②

天外孤帆云外树，看又是春随人去。水驿③灯昏，关城④月落，不算凄凉处。 计程⑤应惜天涯暮，打叠起伤心无数。中坐波涛，眼前冷暖，多少人难语。

〔注释〕

①徐艺初：纳兰性德座师徐乾学之子，名树谷，字艺初，江苏昆山人，康熙进士。②昆山：地名，今属江苏，因境内有昆山而得名。③水驿：水路驿站。④关城：关塞上的城堡。⑤计程：计算路程。

〔词解〕

这是一首送别词：上阕由景写起，离别的时刻，看天外孤帆远影，云外天低树稀，顿觉春天也将伴随着你的离开而远去。从此征途漫漫，无限凄凉。下阕写情，计算行程，收拾心情，虽无意触犯朝纲，但看尽人间冷暖后，也不由得感叹：多少人有苦难诉啊！

鹧鸪天

独背残阳上小楼，谁家玉笛①韵偏幽。一行白雁②遥天暮，几点黄花满地秋。 惊节

納蘭詞

序，叹沉浮，秾华③如梦水东流。人间所事堪惆怅，莫向横塘问旧游。

〔注释〕

①玉笛：玉制的笛子，笛子的美称，亦指笛声。②白雁：候鸟，体色纯白，似雁而小。③秾华：指女子青春美貌。

〔词解〕

秋日残阳里，独自登楼，闻见之间，不无伤感之景：耳中传来幽咽的笛声，眼底一行白雁飞入天际，菊花绽放，遍地深秋。于是触景生情，慨叹世事无常，人生如梦。人间有无限的惆怅之事，既已如此惆怅，那就更不要向横塘路上询问旧游在何处了。

又

雁帖寒云次第①飞，向南犹自②怨归迟。谁能瘦马关山道，又到西风扑鬓时。　　人杳杳③，思依依④，更无芳树⑤有乌啼。凭将扫黛⑥窗前月，持向今宵照别离。

〔注释〕

①次第：依次，依一定顺序，一个挨一个地。②犹自：尚，尚自。③杳杳：犹隐约、依稀。④依依：恋恋不舍。⑤芳树：泛指佳木。⑥扫黛：画眉，女子用黛描画眉毛，故称。

〔词解〕

这首词抒写相思，含思隽永、语近情遥：上阕写秋意渐浓，北雁南飞，犹怨归迟，而人却难归。人已难归，偏又逢西风扑鬓，瘦马关山。下阕写愁思，离人杳杳，相思依依，又闻树间乌鸦鸣啼。原来那曾在窗前画眉时见到的明月，如今又照在别离之人身上了。

又

别绪如丝睡不成，哪堪孤枕梦边城^①。因听紫塞^②三更雨，却忆红楼^③半夜灯。　书郑重，恨分明，天将愁味酿多情。起来呵手^④封题处，偏到鸳鸯两字冰。

〔注释〕

①边城：临近边界的城市。②紫塞：北方边塞。③红楼：红色的楼。泛指华美的楼房。指富贵人家女子的住房。④呵手：向手呵气使手暖和。

〔词解〕

这首词为塞上怀远之作：上阕写出使在边城却魂牵梦绕闺中的妻子，别绪如丝，让人难以成眠。于是倾听塞外半夜雨声，却不自觉回忆起家中灯前的妻子。下阕说为解相思便写信抒发离愁别怨，然而边地严寒，即使呵气暖手，但到封题之处"鸳鸯"两字成"冰"。

又

冷露^①无声夜欲阑，栖鸦不定朔风寒。生憎画鼓^②楼头急，不放征人梦里还。　秋淡淡^③，月弯弯，无人起向月中看。明朝匹马相思处，知隔千山与万山。

〔注释〕

①冷露：清凉的露水。②画鼓：有彩绘的鼓。③淡淡：水波荡漾的样子。

〔词解〕

这首词写征人怀思：夜色将尽，冷露无声，朔风猎猎，寒鸦飞起。可恶的鼓声偏又在楼头急响，声声恼人，不让征人在梦里还乡。秋波荡漾，月儿弯弯，可是却没有人起来观赏。料想明朝更会越行越远，归程阻隔，万水千山。

又

送梁汾南还，为题小影

握手西风泪不干，年来多在别离间。遥知①独听灯前雨，转忆同看雪后山。　　凭寄语，劝加餐，桂花时节约重还。分明②小像沉香缕，一片伤心欲画难。

〔注释〕

①遥知：谓在远处知晓情况。②分明：简单明了。

〔词解〕

这是一首送别词，康熙二十年（1681），顾贞观因母丧，南归无锡，纳兰性德写词相送：秋风之中我们握手作别，泪水止不住滑落，由于我长年在外，我们聚少离多，很少见面，如今相聚，你却要离开。知道你在远方也会在窗前听雨，回忆我们雪后一同看山的日子。劝你珍重，与你相约桂花开的时候一定要回来。你的小像在缕缕沉香的轻烟里历历可见，但那伤情却是无从画出的。

又

咏史

马上吟成促渡江，分明闲气①属闺房②。生憎③久闭金铺④暗，花冷回心⑤玉一床⑥。　添哽咽，足凄凉。谁教生得满身香。只今西海年年月，犹为萧家照断肠。

〔注释〕

①闲气：为无关紧要的事情而生的气。②闺房：妇女的梳妆室、卧室或私人起居室，此处代指萧观音。③生憎：最恨、偏恨。④金铺：门户的美称。⑤回心：指回心院。⑥玉一床：比喻满床清冷的月色。

〔词解〕

这首词是咏才色过人、薄命的辽代皇后萧观音：上阕说皇后骑在马上吟得诗句，并以诗催促皇帝挥戈渡江，因为这种无关紧要的小事惹皇帝，造成帝后失和。皇后萧观音也因此被幽囚冷宫，宫门紧闭，凄清孤苦，唯有一床明月相守。下阕写冷宫生活的寂寞冷清，暗自啜泣，感怀生平凄凉，都是因为自己才色过人所致。如今西海的明月从未改变，我却仍在为才华卓著却蒙尘而死的萧皇后而悲伤扼腕。

又

十月初四夜风雨，其明日是亡妇生辰

尘满疏帘①素带②飘，真成③暗度④可怜宵。几回偷拭青衫⑤泪，忽傍犀奁（xī lián）见翠翘。　　惟有恨，转无聊。五更依旧落花朝。衰杨叶尽丝难尽，冷雨凄风打画桥。

〔注释〕

①疏帘：指稀疏的竹制窗帘。②素带：白色的带子，服丧用。③真成：真个，的确。④暗度：不知不觉地过去。⑤青衫：青色的衣衫，黑色的衣服，古代指书生。

〔词解〕

十月初五是纳兰性德亡妻卢氏的生日，此词为怀念亡妻的悼亡之作：上阕先写室内。她逝去后，尘满帘幕，素带飘动，我真的成了要独自度过孤苦夜晚的人。看到她用过的妆奁翠翘，不觉暗自伤怀，几度清泪偷弹。下阕视线移到室外。花落五更，衰杨叶尽，景色依然，你我却生死殊途，物是人非。此时凄风冷雨抽打着画桥，怎能不令人愁思满怀，百无聊赖。

河传

春浅①，红怨②，掩双环③，微雨花间昼闲。无言暗将红泪弹。阑珊（lán）④，香销轻梦还。　　斜倚画屏思往事，皆不是，空作相思字。记当时，垂柳丝，花枝，满庭蝴蝶儿。

〔注释〕

①春浅：谓春意浅淡。②红怨：为花落伤感。③掩双环：掩门，关起门。④阑珊：精神低落。

〔词解〕

这首词通过连续的画面来抒发伤春伤怀之情：上阕说春浅花落，掩门锁户，细雨轻愁，令人倍觉凄凉伤感、哀怨无凭。梦醒之后，梦中的情景消逝了，眼前一片凄凉，那人早已不在身边。下阕说斜倚着屏风思念着往事。记得当时杨柳垂丝，蝶舞百花，一派春意盎然，然而这一切却令人伤感，一切都是凄清的，此时此刻只剩相思二字占据了全部情怀。

木兰花令

拟古决绝词

人生若只如初见，何事①秋风悲画扇②？等闲③变却故人④心，却道故人心易变。骊山语罢清宵半，泪雨霖铃终不怨。何如薄幸锦衣郎，比翼连枝当日愿。

〔注释〕

①何事：为何，何故。②画扇：有画饰的扇子。③等闲：无端的，平白地。④故人：此处指情人。

〔词解〕

这首词为拟古之作，借汉唐典故抒发闺怨，词情哀怨凄惋，屈曲缠绵：人生如果总像刚刚相识的时候，那样的甜蜜，那样的温馨，那样的深情和快乐，又怎么会像班婕

納蘭詞

意决绝

　　"人生若只如初见，何事秋风悲画扇？"世间多薄情男子，辜负了女子的一片深情。"闻君有两意，故来相决绝"，虽说意决绝，可仍旧一腔怨情。纳兰作此决绝词，借用痴情女的怨诉，向友人割袍断交。

一三〇

好那样落得秋风悲扇的境遇，应当相亲相爱，但却成了今日的相离相弃？你如今轻易地变了心，反而却说情人的心本来就是容易变的。想要像唐明皇与杨贵妃那样的海誓山盟，即使最后命丧黄泉也终不怨悔。如今的你又怎么比得上当年的唐明皇呢？他毕竟还与杨玉环有过比翼鸟、连理枝的誓愿！

虞美人

　　春情①只到梨花薄，片片催零落②。夕阳何事近黄昏，不道人间犹有未招魂。　　银笺③别梦当时句，密绾同心苣。为伊判作梦中人，长向画图④清夜唤真真。

〔注释〕

　　①春情：春天的景致和意趣。②零落：树木枯凋。③银笺：白色的信笺。④画图：图画。

〔词解〕

　　这首词以春到花落写相思之情：上阕写景，春天的景致又到了梨花零落的时候，夕阳西下，黄昏降临，却不知道人间尚有人相思惆怅，不能自己。下阕抒追忆之情，曾经浓情蜜意，海誓山盟。为了她甘愿做梦中之人，于是整日对着她的画像呼唤，希望能以至诚打动她，让她像"真真"那样从画中走出来与我相会。

又

　　曲阑深处重相见，匀泪偎人颤。凄凉别

纳
兰
词

后两应同，最是不胜①清怨②月明中。　　半
生已分孤眠过，山枕③檀痕④浣⑤。忆来何事
最销魂，第一折枝花样画罗裙。

〔注释〕

①不胜：受不住，承担不了。②清怨：凄清幽怨。
③山枕：枕头，古代枕头多用木、瓷等制作，中凹两端突
起，其形如山，故名。④檀痕：带有香粉的泪痕。⑤浣：
浸渍、染上。

〔词解〕

这首词追忆恋人：上阕前两句化用李后主"画堂南畔
见，一晌偎人颤"之句，写相见时的情景。后两句写离别
之后两人同样在月夜相思，同样的凄清幽怨难以忍受。下阕
写夜里孤寂幽独之感，寂寞孤枕，暗自垂泪，又回忆起你
那堪称第一的绘有花卉图样的罗裙，真是让人黯然销魂。

又

峰高独石当头起，影落双溪水。马嘶人
语各西东，行到断崖无路小桥通。　　朔鸿①过
尽归期杳，人向征鞍老。又将丝泪②湿斜阳，
回首十三陵③树暮云黄。

〔注释〕

①朔鸿：从北方向南飞的大雁。②丝泪：微细如丝的
眼泪。③十三陵：明代十三个皇帝陵墓的总称，位于北京
昌平天寿山麓。

〔词解〕

这首词写行役中的感受：上阕写景，天寒地冻，高峰独石，边塞一片肃杀之气。征人马上相逢，来不及多说就又要各奔东西。旅途艰辛，行到断崖处，只有小桥为路。下阕写思归苦情，鸿雁飞过却不能代为传书，旅人他乡为客，音信杳然。泪水如丝染透夕阳，回首眺望，只看见十三陵附近亭亭如盖的大树和被夕阳染黄的暮云。

又

黄昏又听城头角，病起心情恶。药炉初沸短檠①青，无那残香②半缕恼多情。　　多情自古原多病，清镜③怜清影④。一声弹指泪如丝，央及东风休遣玉人知。

〔注释〕

①短檠：矮灯架，借指小灯。②残香：将要烧尽的香。③清镜：明镜。④清影：清朗的光影，这里是清瘦的身影。

〔词解〕

这首词为怀友之作，似乎是写给好友顾贞观的：黄昏时分，城头号角响起，拖着病体，心情低落。炉上的药在沸腾，案头的短灯明灭不定，残香缭绕笑我多情。多情之人自古以来都是多愁多病之身，揽镜自照，看到那清瘦的身影自怜自叹。只吟唱一声你所做的《弹指词》便伤心得泪下如丝，于是央求东风捎去我对你的思念。

又

彩云易向秋空散，燕子怜长叹。几番离合总无因，赢得一回僝僽[1]一回亲。　　归鸿[2]旧约霜前至，可寄香笺[3]字？不如前事不思量，且枕红蕤欹侧看斜阳。

〔注释〕

①僝僽：烦恼，忧愁。②归鸿：归雁。诗文中多用以寄托归思。③香笺：散发香气的信笺。

〔词解〕

这首词写闺妇相思的痛苦矛盾心情：秋天的彩云总是易散，燕子飞去，引人长叹。离合聚散总无因由，只赢得了满怀愁绪。约定霜期之前即归来，既使如此，也应该寄封书信来慰相思啊！还是不要想以前的那些事了，不如枕着绣枕侧身看夕阳西下。

又

银床[1]淅沥[2]青梧[3]老，屧[4]粉秋蛩扫。采香行处蹙连钱，拾得翠翘何恨不能言。　　回廊一寸相思地，落月成孤倚。背灯和月就花阴，已是十年踪迹十年心。

〔注释〕

①银床：指井栏，一说为辘轳架。②淅沥：形容轻微的风雨声、落叶声等。③青梧：梧桐，树皮色青，故称。

④屧：鞋的木底。

〔词解〕

这首词追忆曾经的恋人：秋风秋雨摧残了井边的梧桐。秋虫声声，芳草小径幽幽，伊人的芳踪已失，再也唤不回来。走到与伊人曾经走过之处，那里已是苔痕碧碧草凄凄。在草丛间偶然拾得她戴过的翠翘玉簪，胸中无限伤感无法倾诉。在曾经相约的回廊故地重游，独立于花阴月影之下，心潮起伏。而今，天上明月依旧，地上人事已非，转眼已过了十年光景。

又

为梁汾赋

凭君料理①花间②课③，莫负当初我。眼看鸡犬上天梯④，黄九⑤自招秦七共泥犁⑥。　　瘦狂那似痴肥好，判任痴肥笑。笑他多病与长贫，不及诸公衮衮向风尘。

〔注释〕

①料理：处理、安排，指点、指教，此处含有辑集之意。②《花间》：《花间集》，为后蜀人赵崇祚编辑的一部词集。③课：指词作。④天梯：古人想象中登天的阶梯，此处喻为入仕朝堂，登上高位。⑤黄九：北宋诗人、书法家黄庭坚，排行第九，因以称之。⑥泥犁：佛教语，梵语的译音，意为地狱。

〔词解〕

这首词写给好友顾贞观，是二人同怀同道的写照：任你辑集花间词曲，浅吟低唱，只要不辜负我的一片真心便可。看那些仕途得意之人平步青云、鸡犬升天，就让你我这样的失意之人像前朝的文人一样，在别人眼中的"地狱"中相伴。仕途失意之人哪有得意之士那么踌躇满志，任那些得意的人去嘲笑好了，嘲笑失意之人贫病交加，仕途坎坷，不如他们那般志得意满、飞黄腾达。

又

风灭炉烟残炧^①冷，相伴唯孤影。判^②教狼藉^③醉清樽^④，为问世间醒眼是何人。　　难逢易散花间酒，饮罢空搔首。闲愁总付醉来眠，只恐醒时依旧到樽前。

〔注释〕

①炧：蜡烛的余烬。②判：情愿、甘愿。③狼藉：乱七八糟，散乱、零散。④清樽：酒器，借指清酒。

〔词解〕

这首词宣泄了词人内心的孤清：残灯被风吹灭，炉子里的烟火也冷清下来，与我相伴的只有自己孤独的身影。我情愿喝得杯盘狼藉，酩酊大醉，不想清醒地面对这个世界。良辰美酒总是难逢易散，喝醉之后犹自搔头沉思。心中无限闲愁只有在醉后才能消歇，恐怕醒来后依旧要借酒消愁了。

鹊桥仙

倦收缃帙^①，悄垂罗幕^②，盼煞一灯红小。便容生受^③博山^④香，销折^⑤得、狂名多

少。　　　　是伊缘薄，是侬情浅，难道多磨更好？不成寒漏也相催，索性尽、荒鸡唱了。

〔注释〕

①缃帙：浅黄色书套。亦泛指书籍、书卷。②罗幕：丝罗帐幕。③生受：承受、享受。④博山：博山炉，因炉盖上的造型似传闻中的海中名山博山而得名。⑤销折：抵消、损耗。

〔词解〕

这首词是对往日甜蜜生活的追忆和怅惘：上阕忆旧，帘幕低垂，慵懒地收起书卷，看那灯前等待的人儿已经望穿秋波了。享受着这袅袅香烟之气，博得狂士之名。下阕赋今，和你的缘分太薄，如今缘尽人去，难道好事必将多磨？偏那寒漏之声又来催我入眠，可是愁苦难耐，难以成眠，索性等待鸡鸣天亮好了。

又

梦来双倚，醒时独拥，窗外一眉新月。寻思常自悔分明，无奈却、照人清切①。　　　一宵灯下，连朝镜里，瘦尽十年花骨②。前期③总约上元时，怕难认、飘零人物。

〔注释〕

①清切：清晰准确，真切。②花骨：花骨朵，这里形容人的容貌优美俏丽。③前期：从前的约定。

〔词解〕

这首词述说哀婉的怀思和身世的隐怨：梦里你我相偎

納蘭詞

相依，醒来时却是寂寞孤单，只有窗外的一弯新月做伴。当初在月色分明时与你共度的情景，细想来常自悔恨未能珍惜。怎奈如今又逢照人清切的明月，却已人事全非，容颜消瘦衰老。从前我们总是在上元时节相约，而今如果再相见，怕是我这飘零之人你已经难以辨认了。

又

七夕

乞巧楼空，影娥池冷，佳节只供愁叹。丁宁休曝旧罗衣①，忆素手②为余缝绽③。　　莲粉④飘红，菱丝⑤翳⑥碧，仰见明星空烂。亲持钿合梦中来，信天上人间非幻。

〔注释〕

①罗衣：轻软的丝织品制成的衣服。②素手：洁白的手，多形容女子之手。③缝绽：缝补破绽，这里是缝制的意思。④莲粉：莲花。⑤菱丝：菱蔓。⑥翳：遮掩。

〔词解〕

这首词表达爱妻亡故之后人去楼空的伤感：又是七夕佳节，现在却人去楼空，物是人非，怎不叫人暗生凄凉之感呢！反复叮咛不要让人晾晒那件旧罗衣，因为那是你亲手为我缝制的，见到它更会引起我深重的愁怀。俯看荷塘上莲花飘零，菱蔓遮掩了碧波，抬头看天空，群星灿烂。拿出你我定情的钿合表达我对你的痴情，但愿我们天上人间终能相见。

南乡子

柳絮晚悠飏[1]，斜日波纹映画梁[2]。刺绣[3]女儿楼上立，柔肠[4]，爱看晴丝百尺长。　　风定却闻香，吹落残红在绣床。休堕玉钗惊比翼，双双，共唼喋菱花绿满塘。

〔注释〕

①悠飏：飘忽不定的样子，飘扬、飞扬。②画梁：有彩绘装饰的屋梁。③刺绣：用彩线在纺织品上绣出图画。④柔肠：温柔的心肠，多指女子缠绵的情意。

〔词解〕

这首词描绘少女怀春的形象：上阕描摹时景，傍晚时候，柳絮飘飞，落日斜映在池塘上，波影映照着画梁。刺绣女儿伫立在绣楼之上，春怀寂寂、情意绵绵地看着空中飘荡的游丝。下阕进一步描绘孤寂之情，风停了，却闻到飘落在绣床上的落花的余香。池塘中的水鸟、鱼儿正成双成对地唼喋着满塘绿色的浮萍，千万别让头上的玉钗掉下惊扰了它们。

又

捣衣[1]

鸳瓦[2]已新霜，欲寄寒衣[3]转自伤[4]。见说征夫容易瘦，端相，梦里回时仔细量。　　支枕怯空房，且拭清砧就月光。已是深秋兼独夜，凄凉，月到西南更断肠。

納蘭詞

〔注释〕

①捣衣：古人将洗过头次的脏衣服放在石板上捶击，去浑水，再清洗。②鸳瓦：鸳鸯瓦，指成对的瓦。③寒衣：冬天御寒的衣服。④自伤：自我悲伤感怀。

〔词解〕

这首词借捣衣来抒发征夫怨妇的情怀：上阕写思妇寄送寒衣时的心理变化，天气凉了，鸳鸯瓦已落满秋霜，想要为远方的人寄去寒衣，此时又开始暗自伤怀。都说出门在外的人容易消瘦，不知道是否是真的，下次在梦里相见的时候一定要好好端详端详你。空房独处，将枕头竖起倚靠，不免心生胆怯，于是权且在月光下擦拭捣衣之石来消磨时光。夜已经深了，又要与寂寞孤独相伴，连月亮都要落下了，怎能不叫人伤心断肠！

又

御沟晓发

灯影伴鸣梭^{suō}①，织女②依然怨隔河。曙色③远连山色起，青螺④，回首微茫⑤忆翠蛾。　　凄切客中过，料抵秋闺^{dǐ}一半多。一世疏狂应为著，横波，作个鸳鸯消得么？

〔注释〕

①鸣梭：梭子，织具。②织女：织女星的俗称，位于银河以东与牵牛星隔银河相对。古代神话相传织女与牛郎隔天河相对，每年七夕渡河相会。后人以此比喻夫妻或恋人分离，难以相见。③曙色：破晓时的天色。④青螺：喻

一四〇

柳沟清晨晓发

　　纳兰为康熙侍卫,常年在外,身不由己,不能日日在家陪伴妻子,心中烦忧。虽然疏狂一世,但只羡鸳鸯不羡仙,希望能与妻子长相厮守,永不分离。于是晨起便作词一首,抒发心中渴望。

青山。⑤微茫：迷漫而模糊。

〔词解〕

上阕描绘了柳沟清晨晓发时的情景：灯影下梭子来回穿梭，仿佛织女在怪罪着银河的阻隔。天快要亮了，微茫中的远山，宛若闺中之人的翠蛾。下阕言情抒慨：此生多在客中度过，与闺中人大半在别离之中。一世疏狂，却只羡鸳鸯，但愿能与闺中之人常相厮守，度过一生。

又

烟暖雨初收，落尽繁花小院幽。摘得一双红豆子①，低头，说着分摧②泪暗流。　　人去似春休，卮酒③曾将酹石尤。别自有人桃叶渡，扁舟，一种烟波各自愁。

〔注释〕

①红豆子：红豆，相思树的种子，果实成荚，微扁，子大如豌豆，色鲜红，古代文学作品中常用来象征相思，也称"相思子"。②分摧：离别。③卮酒：杯酒，古代盛酒的器皿。

〔词解〕

这首词写离愁别恨：上阕追忆往昔。风雨初晴，小院中落花满地，更显幽静。采下两颗红豆，低头和你说着分别，不觉泪流。下阕写别后幽情。以酒饯行，人各东西，好像连春天也被你带走了。与你分别之后，定然还有人在这里乘小船作别。同样的分别，但各人却有其各自的离愁。

又

为亡妇题照

泪咽却无声，只向从前悔薄情。凭仗丹青^①重省视^②，盈盈^③，一片伤心画不成。　　别语忒分明。午夜鹣鹣梦早醒。卿自早醒侬自梦，更更，泣尽风檐夜雨铃。

〔注释〕

①丹青：丹和青是古代绘画常用的两种颜色，借指绘画，此处指亡妇的画像。②省视：犹认识、忆起。③盈盈：形容举止、仪态美好。

〔词解〕

这首词是写在亡妇画像之上的：眼泪无声，为自己以前的薄情而后悔。如今，只剩你的画像让我拿来回忆了。你那盈盈之态，比眼前的画像更清晰，于是一片伤心，难以描画。分别时的言语太清晰分明了，天还没亮，与你双栖双飞的美梦就醒来了。你早已离开，而我却犹沉浸梦中，整夜在窗下聆听伤心的夜雨霖铃之声。

一斛珠

元夜^①月蚀

星球映彻^②，一痕微褪梅梢雪。紫姑待话经年别，窃药心灰^③，慵把菱花^④揭。　　踏歌才起清钲歇，扇纨仍似秋期洁。天公毕竟风流绝，教看蛾眉，特放些时缺。

〔注释〕

①元夜：元宵。②映彻：晶莹剔透的样子。③心灰：谓心如死灰，极言消沉。④菱花：指菱花镜。

〔词解〕

这首词咏节序风物：天空星光璀璨，梅梢之雪不明，月已初蚀，紫姑欲与人诉说经年的别离之情，而嫦娥却自愧窃药奔月，心灰意懒，以致不愿揭开镜面。月蚀渐出，地上锣声才歇，人们便开始踏歌庆祝，那月光还像中秋时节一样清澈明亮。老天也是风流之人，为了让人们看到新月如眉的景色，故意将月缺的时间延长了。

红窗月

（按此律作红窗影，一名红窗迥）

燕归花谢，早因循①、又过清明②。是一般风景，两样心情。犹记碧桃③影里、誓三生④。　　乌丝阑纸⑤娇红篆(zhuàn)，历历春星。道休孤密约，鉴取深盟(jiàn)。语罢一丝香露、湿银屏。

〔注释〕

①因循：本为道家语，意谓顺应自然。②清明：二十四节气之一，在此节日里人们扫墓和向死者供献祭品。③碧桃：一种供观赏的桃树，花重瓣，有白、粉红、深红等颜色。④三生：佛家所说的三世转生，即前生、今生和来生。⑤乌丝阑纸：指上下以乌丝织成栏，其间用朱墨界行的绢素，后亦指有墨线格子的笺纸。

〔词解〕

这首词写与恋人的离情：燕子归来，群花凋谢，又过了清明时节。风景与往年相同，然而心境却大不相同。还记得往年我们在桃花树下情定三生的情景。上阕写此时情景，点出本题，即风景如旧而人却分飞，不无伤离之哀叹。在丝绢上写就鲜红的篆文，好像那天上清晰的明星一般。当时说道不要辜负你我的密约，这绢丝上的深盟即可为凭。说罢一滴泪珠滴在银屏之上，那情景至今犹历历在目。

踏莎行

春水①鸭头，春衫鹦嘴，烟丝无力风斜倚。百花②时节好逢迎，可怜人掩屏山睡。　　密语③移灯，闲情④枕臂，从教⑤酝酿 yùn niàng 孤眠味。春鸿不解讳相思，映窗书破人人字。

〔注释〕

①春水：春天的河水。②百花：各种花。③密语：秘密的、悄悄的话语。④闲情：闲散的心情。⑤从教：任凭、听凭。

〔词解〕

春天到了，春水泛出了鸭头绿，身上的春衫鲜红得犹如鹦哥的红嘴。看那袅袅的烟丝被春风吹得歪歪斜斜，是那么的娇弱无力。百花盛开，正是情人幽会的好时节，但她却掩起屏风孤眠不起。将灯烛移近，追忆往日良宵共度的情景，想着那些秘密的话语，头枕着手臂，任凭闲愁的苦味发散开来。大雁不知避讳此时的相思，偏偏从窗外飞过，却不成"人"字的阵行。

又

寄见阳

倚柳题笺，当花侧帽①，赏心②应比驱驰③好。错教双鬓受东风，看吹绿影④成丝早。　　金殿⑤寒鸦，玉阶春草，就中冷暖和谁道？小楼明月镇长闲，人生何事缁尘老。

〔注释〕

①侧帽：斜戴着帽子。②赏心：心意欢乐。③驱驰：策马快奔。④绿影：指乌亮的头发。⑤金殿：金饰的殿堂，指帝王的宫殿。

〔词解〕

这首词为寄赠之作，表达了词人对侍卫护从生涯的厌倦：赏花题柳，风流自赏，闲散度日的生活总比从驾驱驰、日夜奔波劳碌要好。后悔选择了这样的生活，让自己早生华发。在宫廷里生活、做事，其中的甘苦自识，冷暖自知，又能对谁叙说？不如悠闲地独上小楼赏月，何必要沾染这世俗的尘埃呢！

临江仙

寄严荪友①

别后闲情何所寄，初莺②早雁③相思。如今憔悴异当时，飘零心事，残月落花知。　　生小④不知江上路，分明却到梁溪。匆匆刚欲话分携，香消梦冷，窗白一声鸡。

〔注释〕

①严荪友：严绳孙。②初莺：借喻暮春之时。③早雁：借指秋来之日。④生小：自小，幼小。

〔词解〕

这首词为寄赠之作，表达对挚友深切的怀念：春去秋来，我日日夜夜都在思念着你，然而这种孤独寂寞，除了残花落絮，却没有人能够知晓。我自己生来不知江南之路，然而梦里却到了你的家乡梁溪。只是好梦难留，正欲说说别后相思时，却一梦醒来，窗外传来鸡鸣之声，梦中温馨的情谊消逝了，令人不胜怅惘。

又

永平①道中

独客单衾②谁念我，晓来凉雨飕飕③。缄书欲寄又还休，个侬憔悴，禁得更添愁。　　曾记年年三月病，而今病向深秋。卢龙风景白人头，药炉烟里，支枕听河流。

〔注释〕

①永平：清代永平府，今隶属河北秦皇岛市。②单衾：薄被。③飕飕：形容雨声。

〔词解〕

这是一首抒写乡关客愁的边塞词：孤眠独卧，夜来衾薄，清晓愁雨，不胜清寒，有谁会念及我呢？想要给你写信遥寄相思，又害怕你看了更添新愁，愈加憔悴，于是只好作罢。记得原来都是三月春愁多病，没想到今年却病向深秋了。在这深秋时节，卢龙风景萧疏，令人伤感，暗生白发。只得在药炉的烟雾缭绕下，侧耳倾听江河的奔流之声来排遣愁苦之情了。

又

谢饷樱桃

绿叶成阴春尽也，守宫偏护星星。留将颜色慰多情，分明千点泪，贮作玉壶冰。　　独卧文园方病渴，强拈红豆[①]酬卿。感卿珍重报流莺[②]，惜花须自爱，休只为花疼。

〔注释〕

①红豆：代指樱桃。②流莺：黄莺。流，谓其鸣声婉转。

〔词解〕

这首词为答谢的应酬之作，然情真意深，措辞委婉：春天就要过去了，绿叶成荫，浓密的枝叶偏偏遮掩了粒粒樱桃。留下鲜红的樱桃慰问我这多情的人，这樱桃分明是送来千里外友情的泪水，而这泪水又化为浓香的醇酒。我正失意病卧，蒙你盛情馈送了樱桃，于是我强拈着它以示对你的酬答。在这黄莺啼遍的时候，感谢你还如此珍重友情。不过你也要珍重，怜惜花落时也要自爱，不要总是为花落而生悲。

又

丝雨如尘云着水，嫣香①碎入吴宫②。百花冷暖避东风，酷怜娇易散，燕子学偎（wēi）红③。　　人说病宜随月减，恹（yān）恹却与春同。可能留蝶抱花丛，不成双梦影，翻笑杏梁空？

〔注释〕

①嫣香：娇艳芳香，亦指娇艳芳香的花。②吴宫：指春秋吴王的宫殿。③偎红：紧贴着红花。

〔词解〕

这首词抒写暮春愁病交加，深含兴亡之叹：细雨蒙蒙，云中夹带着水气，吴宫里残花散落满地。最让人怜惜的是那娇美易落的宫花，故而连燕子也学着人的样子紧紧依偎在花下。人们都说病体会随着时间慢慢康复，然而我却像这暮春一样萎靡颓丧。蝴蝶飞舞，留连花丛，而燕子成双成对地飞走了，反而笑那屋宇梁上空空。

又

长记碧纱窗①外语，秋风吹送归鸦。片帆②从此寄天涯，一灯新睡觉，思梦月初斜。　　便是欲归归未得，不如燕子还家。春云③春水④带轻霞⑤，画船人似月，细雨落杨花。

〔注释〕

①碧纱窗：装有绿色薄纱的窗。②片帆：孤舟，一只

船。③春云：春天的云。④春水：春天的河水。⑤轻霞：淡霞。

〔词解〕

这首词写在春天回忆秋天的离别：记得当时我们在碧纱窗外低语话别，当时秋风吹起，天色将晚，暮鸦飞回。从此以后我便一叶孤舟在天涯飘泊，半夜从梦中醒来，月亮才刚刚西斜。即使想回来却不能回来，连秋去春归的燕子都不如。春日里山水如画，若能一起欣赏烟柳画船、细雨杨花的美景，该是何等的惬意！

又

塞上得家报，云秋海棠①开矣，赋此

六曲阑干三夜雨，倩谁护取娇慵②？可怜寂寞粉墙③东，已分裙衩④绿，犹裹泪绡红。　　曾记鬓边斜落下，半床凉月惺忪。旧欢如在梦魂中，自然肠欲断，何必更秋风。

〔注释〕

①秋海棠：多年生草本植物，叶子斜卵形，叶背和叶柄带紫红色，花淡红色，供观赏，又称"八月春""断肠花"。②娇慵：柔弱倦怠的样子，这里指秋海棠花。③粉墙：用白灰粉刷过的墙。④裙钗：裙子与头钗都是妇女的衣饰，旧时借指女子。

〔词解〕

这首词是词人身在塞上却心系故园之作：上阕化虚为实，海棠花开了，家中那栏杆外愁雨不断，谁来呵护海棠那娇慵的身影？那美丽的花朵在粉墙东边娇艳而寂寞地绽放，绿叶托出了粉红色的花蕾，好像是在薄纱一样的花瓣上宿雨犹存。下阕转入追怀往昔，那令人怀念的往日美好时光如同在梦中，此时只剩肝肠欲断的凄苦之情，又何况秋风刮来呢？

又

卢龙①大树

雨打风吹都似此，将军②一去谁怜？画图曾见绿阴圆。旧时遗镞③地，今日种瓜田。　系马南枝④犹在否，萧萧欲下长川。九秋⑤黄叶五更烟。止应摇落尽，不必问当年。

〔注释〕

　①卢龙：地名，在今山海关西南，清属永平府。②将军：指将军树，即大树。③遗镞：指遗弃或残剩的箭镞。④南枝：朝南的树枝，比喻温暖舒适的地方。⑤九秋：指九月深秋。

〔词解〕

　这首词借咏卢龙大树而抒凭吊之情、怀乡之意：雨打风吹都是如此这般，大树犹存而建立军功之人却一去不返，有谁来凭呢？绿荫覆盖的美景曾入画中，而昔日的战场如今却变成了种瓜之田。江河奔流，那曾经系马的树枝还在那里吗？是否都化为深秋的落叶，五更的晨烟？当年的英雄旧事又何须再提！

又

寒 柳

飞絮飞花何处是？层冰①积雪摧残。疏疏②一树五更寒。爱他明月好，憔悴也相关③。　　最是繁丝摇落后，转教人忆春山④。湔裙⑤梦断续应难。西风多少恨，吹不散眉弯。

〔注释〕

①层冰：犹厚冰。②疏疏：稀疏的样子。③相关：彼此关连，相互牵涉，互相关心。④春山：春日的山，亦指春日山中。⑤湔裙：古代的一种风俗。

〔词解〕

这首词借咏柳而抒伤悼之情：在这冰天雪地的严冬，那迎风飘逝的柳絮去了哪里？稀疏萧条的树枝在五更天里忍受着晓寒，愿与月相伴，即使如今憔悴也会相互关心。偏偏是在这树叶落尽之后，让人回忆起春天的美丽景致。如今斯人已逝，即使梦里相见，可慰相思，但好梦易断，断梦难续。那凄楚的秋风中饱含幽怨，它们却无法吹不散你的倩影。

又

夜来带得些儿雪，冻云①一树垂垂。东风回首不胜悲。叶干丝未尽，未死只颦眉②。　　可忆红泥亭子③外，纤腰舞困因谁？如今寂寞待人归。明年依旧绿，知否系斑骓④？

垂柳寄相思

　　冬日雪花漫漫,树干似不禁风,瑟缩在雪中。想起春日之事不禁悲从中来,当时妻子卢氏还曾长亭送别,折柳相赠。现在柳条萎尽,妻子也已故去,只能暗自垂泪。

納蘭詞

〔注释〕

①冻云：严冬的阴云。②颦眉：皱眉。③红泥亭子：红亭，长亭。路途中行人休憩、送别之处。④斑骓：毛色青白相杂的骏马。

〔词解〕

这首词为咏寒柳之作，与前首一样意含悼亡之旨：垂柳带着前夜下的雪，望去犹如片片浮云。回首春天不胜伤悲，如今叶子已经落净，而柳丝尚存还没有冻死，只是像病了一般皱着眉头，如同愁病交加的我。记得当初你我在红亭送别时，那垂柳在为谁而摇曳多姿？如今只剩我自己寂寞地等待你归来。明年那垂柳依然会变绿，却不知道是否还会有人在那里系上骏马，长亭送别。

又

孤雁

霜冷离鸿①惊失伴，有人同病相怜。拟凭尺素②寄愁边。愁多书屡易，双泪落灯前。　　莫对月明思往事，也知消减年年。无端嘹唳③一声传。西风吹只影，刚是早秋天。

〔注释〕

①离鸿：失群的大雁，比喻远离的亲友。②尺素：书写用的一尺长左右的白色生绢，借指小的画幅，短的书信。③嘹唳：形容声音响亮凄清，这里指孤雁的哀鸣声。

〔词解〕

这首词借咏孤雁来吟咏自己的孤独：秋霜遍地，离群的大雁失去了自己的同伴，它可知道地上有个人与它同病相怜。想要将满怀愁绪用书信寄出去，却发现愁绪太多变换不定，于是只能对着烛光暗自垂泪。不要对着明月遥想当年的往事，那会让人衣带渐宽，形影憔悴。忽然云中传来一声孤雁哀鸣，抬头望去，那孤单的身影在初秋的寒风之中缥缈远去。

蝶恋花①

辛苦最怜天上月，一昔②如环，昔昔都成玦③。若似月轮④终皎洁⑤，不辞冰雪为卿热。　　无那尘缘容易绝，燕子依然，软踏帘钩⑥说。唱罢秋坟愁未歇，春丛⑦认取双栖蝶。

〔注释〕

①这首与以下三首《蝶恋花》均为悼亡之作，作年不详。②一昔：一夜。昔，同"夕"。③玦：玉玦，佩玉的一种。④月轮：泛指月亮。⑤皎洁：明亮洁白，多形容月光。⑥帘钩：卷帘所用的钩子。⑦春丛：春日丛生的花木。

〔词解〕

这首词为悼念亡妻之作：最怜爱那天空辛苦的月亮，一月之中，只有一夜是如玉环般的圆满，其他的夜晚则都如玉玦般残缺。如果月光始终皎洁，那么我便不怕月中的寒冷，为你夜夜送去温暖。无奈尘世的情缘最易断绝，只有燕子依然轻轻地踏在帘钩上，呢喃叙语。纵使哀悼过了亡灵，但是满怀的愁情仍不能消解。花丛中的蝴蝶可以成双成对，人却生死分离，不能团聚。

又

眼底风光留不住，和暖和香，又上雕鞍①去。欲倩烟丝遮别路，垂杨那是相思树②。　　惆怅玉颜成间阻③，何事东风，不作繁华主。断带④依然留乞句，斑骓一系无寻处。

〔注释〕

①雕鞍：雕饰有精美图案的马鞍。②相思树：相传为战国宋康王的舍人韩凭和他的妻子何氏所化生。③间阻：阻隔。④断带：割断了的衣带。

〔词解〕

这首词依然为怀念亡妻之作：眼底虽然有无限的春光，但春暖花开仍然难以留住征人，他又骑马离去了。请那如丝烟柳不要遮住去路，难道这垂柳也是相思之树吗？如今你那美丽的容颜，我再也见不到了，怎不叫人痛苦惆怅，为何那东风留不住繁华旧梦呢？割断的衣带上还留有当年我求你写的诗句，可你却早别我远去，不知归处了。

又

又到绿杨曾折处，不语垂鞭，踏遍清秋路。衰草①连天无意绪②，雁声远向萧关③去。　　不恨天涯行役④苦，只恨西风，吹梦成今古。明日客程还几许，沾衣况是新寒雨。

〔注释〕

①衰草：干枯的野草。②意绪：心意，情绪。③萧关：古关名，故址在今宁夏固原东南，为自关中通向塞北的交通要冲，此处指边关。④行役：旧指因服兵役、劳役或公务而出外跋涉，泛指行旅出行。

〔词解〕

这同样是一首悼亡之作：又来到过去与伊人折柳赠别的地方，引起了心中无限的惆怅。骑在马背上，沉思着往事，默默无言，任马踏着清秋的道路缓缓前行。衰草连天心绪烦乱，天边传来的雁鸣之声显示雁群已飞过了边关。我不恨这浪迹天涯、羁旅行役之苦，只恨这无情的西风，将梦一般的往事吹得无影无踪。思量明天的征程还有多远，不觉寒雨已经沾湿了衣襟。

又

萧瑟①兰成②看老去，为怕多情，不作怜花句。阁泪③倚花愁不语，暗香飘尽知何处？　　重到旧时明月路。袖口香寒，心比秋莲④苦。休说生生⑤花里住，惜花人去花无主。

〔注释〕

①萧瑟：寂寞凄凉。②兰成：北周庾信的小字。③阁泪：含着眼泪。④秋莲：荷花，因为秋季结莲，故称。⑤生生：世世，一代又一代。

〔词解〕

我如同庾信一般在寂寞凄清中老去，害怕多情，所以不写怜花的诗句。于是含着眼泪，倚着花朵，不知落红散尽会香飘何处？又来到我们曾经一起走过的小路，当初明月清风，如今却袖口香寒，一颗心比秋莲还要愁苦。惜花的人已经永远离去，花已经没有了主人，还说什么生生世世都住在花里呢？

又

夏夜

露下庭柯①蝉响歇。纱碧如烟，烟里玲珑月。并著香肩②无可说，樱桃③暗解丁香结④。　　笑卷轻衫鱼子縠⑤。试扑流萤，惊起双栖蝶。瘦断玉腰沾粉叶，人生那不相思绝。

〔注释〕

①庭柯：庭园中的树木。②香肩：散发着香气的肩背。③樱桃：比喻女子的嘴唇如樱桃般小巧红艳，此处代指恋人。④丁香结：丁香的花蕾。用以比喻愁绪郁结难解。⑤鱼子縠：绢织物名。

〔词解〕

这首词描绘夏夜与恋人共度的情景：庭院结满露珠的树上，有蝉在鸣唱，轻纱如烟似雾，月色朦胧。你我默默地肩并着肩，心中的愁绪却暗自消解。朦胧月下，你笑着卷起衣袖，扑捉飞来飞去的萤火虫，却不经意惊起了花上双宿双栖的蝴蝶。如今想来怎不让人相思成病，日渐消瘦，伤心欲绝。

又

出塞

今古河山无定据①。画角②声中，牧马③频来去。满目荒凉谁可语？西风吹老丹枫树。　　从前幽怨应无数。铁马金戈④，青冢^{zhǒng}黄昏路。一往情深深几许，深山夕照深秋雨。

〔注释〕

①无定据：没有定数。②画角：古管乐器，传自西羌。形如竹筒，本细末大，以竹木或皮革等制成，因表面有彩绘，故称。③牧马：指古代作战用的战马。④铁马金戈：形容威武雄壮的士兵和战马。代指战事，兵事。

〔词解〕

这首词描写出塞情景，词风苍凉慷慨：自古以来，权力纷争不止，江山变化无常。战事不断，战马在画角声中频繁往来。西风吹散落叶，满目的凄凉能与谁诉说？不停的纷争，不息的战火，这满怀的幽怨向谁倾诉？只有对昭君的青冢诉说了。曾经的一往情深能有多深？是否深似这山中的夕阳与深秋的苦雨呢？

又

尽日惊风①吹木叶。极目嵯峨②，一丈天山③雪。去去④丁零⑤愁不绝，那堪客里还伤别。　　若道客愁容易辍。除是朱颜，不共春销歇。一纸乡书和泪摺，红闺此夜团圆月。

〔注释〕

①惊风：狂风。②嵯峨：形容山势高峻。③天山：代指塞外之山。④去去：一步一步地远行，越行越远。⑤丁零：古代少数民族名，汉时游牧于我国北部和西北部。

〔词解〕

这首词表现天涯羁旅、游子落拓的凄凉悲伤：在这里，尽日狂风呼啸，极目望去，天山脚下树叶尽落，积雪盈丈，一片皑皑白色。渐行渐远已经让人愁不自胜了，更何况还是在行役当中的伤别。若想行人的客愁能够停止，那除非是红润的容貌常在，不会像春花一样地凋萎。而现在朱颜憔悴，春华销歇，又当如何呢？写好书信，含着眼泪折起，而此时不也正有人孤独地对着团圆明月，怀念着我这远在天山的人吗！

又

准拟①春来消寂寞。愁雨愁风，翻②把春担阁③。不为伤春情绪恶，为怜镜里颜非昨。　　毕竟④春光谁领略⑤？九陌缁尘，抵死遮云壑。若得寻春终遂约，不成长负东君诺。

〔注释〕

①准拟：料想、打算。②翻：同"反"。③担阁：耽搁、迟延。④毕竟：终归，到底。⑤领略：晓悟。

〔词解〕

这首词表现词人厌于侍卫生涯、蹉跎日老的感慨：本来打算在大好的春光下消遣寂寞，无奈愁风愁雨辜负了春光。情绪不好并不是因为伤春所致，而是因为对镜顾影自怜，形容已日渐憔悴。那繁华的闹市总是将幽僻的山谷遮蔽，有谁来领略这美好的春光？怎样才能不辜负春光，遂我心愿呢，难道总是让我有负春神吗？

唐多令

雨 夜

丝雨①织红茵②，苔阶③压绣纹。是年年、肠断黄昏。到眼芳菲④都惹恨，那更说，塞垣⑤春。　　萧飒⑥不堪闻，残妆拥夜分。为梨花、深掩重门。梦向金微山下去，才识路，又移军。

〔注释〕

①丝雨：像丝一样的细雨。②红茵：红色的垫褥。③苔阶：生有苔藓的石阶。④芳菲：芳香的花草。⑤塞垣：本指汉代为抵御鲜卑所设的边塞，后亦指长城、边关城墙。⑥萧飒：形容风雨吹打草木所发出的声音。

〔词解〕

这首词写雨夜相思，描摹闺人思我的情景：细雨霏霏，使庭院里变得花红阶绿。年年都在令人愁断肠的黄昏中度过。满眼的芳菲都能无端惹起春愁，更不要说是这边关的春色了！那风雨萧飒的声音是不能听的，听了便会让人伤心。夜半时分拥衾无眠，妆已残，人孤单，为了不让梨花飞尽，于是紧紧关上闺门。梦里来到你征战的沙场，谁知才刚刚找到去路，你却已随军队转移，不知所踪。

又

金液^①镇心惊，烟丝似不胜。沁鲛绡^②、湘竹无声。不为香桃^③怜瘦骨，怕容易，减红情^④。　　将息报飞琼，蛮笺署小名。鉴凄凉、片月三星。待寄芙蓉心上露，且道是，解朝酲。

〔注释〕

①金液：古代方士炼的一种丹液，服之可以成仙，后也用来比喻美酒。②鲛绡：传说中鲛人所织的绡，亦借指薄绢、轻纱，亦可代指手帕、丝巾。③香桃：指仙境里的桃树。④红情：犹言艳丽的情趣。

〔词解〕

这首词用众多典故抒发朦胧之情：美酒喝过了，平静的心为之惊动，连那轻缓的香烟也仿佛承受不了。手帕上沁满了泪痕，连那满是泪痕的湘妃竹也默默无声。不贪恋那如仙境一般的境界，而是怜爱那仙女一般的人，怕的是容易消减了爱情。在信笺上写下诗句，签上小名，送与天上的仙女报声珍重。明镜一般的天空，弯月明星，倍觉凄凉。待我寄去荷花上的露水，让它宽慰你那如醉如痴的相思。

又

塞外重九

古木向人秋，惊蓬①掠鬓稠。是重阳、何处堪愁。记得当年惆怅事，正风雨，下南楼②。　断梦几能留，香魂③一哭休。怪凉蟾④（chán）、空满衾裯（qīn chóu）。霜落乌啼浑不睡，偏想出，旧风流。

〔注释〕

①惊蓬：疾飞的断蓬，喻行踪飘泊不定。也多用来形容散乱蓬松的头发。②南楼：在南面的楼。③香魂：美人之魂。④凉蟾：皎月，指秋月。

〔词解〕

这首词写在塞上重九伤感：深秋重阳，蓬草连飞，塞外一派萧疏荒凉，触动了离愁与相思。记得当年重九日的往事，你在风雨之中走下南楼。梦断忆梦，梦中你音容宛然，但却一哭而别，好梦醒了。都怪那清冷的月光，照得满床清辉，把梦惊醒。窗外满地霜华，城乌夜啼，反反复复不能入眠，于是想起以前的风流旧事，愈加愁怀难耐。

踏莎美人

清明

（按此调为顾梁汾自度曲）

拾翠①归迟，踏青②期近，香笺③小叠邻姬④讯。樱桃花谢已清明，何事绿鬟⑤斜亸（duǒ）宝

納蘭詞

重九忆旧

　　塞上秋寒，断蓬乱飞，惹来许多愁绪。忆当年风流倜傥，与美人南楼初见，无限缱绻萦怀。纳兰本自放达，长期羁旅塞外，心情苦闷抑郁，尤其重阳节独身一人在外。

钗横。　　浅黛双弯，柔肠几寸，不堪更惹其他恨。晓窗窥(kuī)梦有流莺，也说个侬憔悴可怜生。

〔注释〕

　　①拾翠：拾取翠鸟羽毛作为首饰，后多指妇女游春。②踏青：清明前后到野外去观赏春景。③香笺：信笺，因少女之手散发香气，故云。④邻姬：邻家女子。⑤绿鬟：指乌黑发亮的头发。

〔词解〕

　　这首词写闺中女子清明相约踏青却百无聊赖的春愁：清明快要到了，正是游春踏青的好时节，邻家女伴写来信笺相邀游春。然而樱桃花都谢了，清明将过，却不知为了何事而蹉跎。只因疏慵倦怠，本就愁绪满怀，于是不愿再去沾惹新恨了。如此愁绪谁能明了，恐怕唯有那清晓窗外的流莺知晓了。

苏幕遮

　　枕函香，花径①漏。依约相逢，絮语②黄昏后。时节薄寒③人病酒④。划地⑤梨花，彻夜东风瘦。　　掩银屏，垂翠袖。何处吹箫，脉脉情微逗。肠断月明红豆蔻(kòu)。月似当时，人似当时否？

〔注释〕

　　①花径：花间的小路。②絮语：连续不断地说话。

③薄寒：微寒。④病酒：谓饮酒沉醉或饮酒过量而生病。
⑤划地：无端地、平白地。

〔词解〕

　　这首词是写怀念恋人的痴情：枕头上还留有余香，花径里尚存春意，那梨花一夜之间在东风中飘落。病酒之后的黄昏恍惚间与她相遇，仿佛来到原来相约的地点，在夕阳下细语绵绵。而今却银屏重掩，影只形单。在孤孤单单中又听到了脉脉传情的箫声。此时，明月正照在那红豆蔻之上。那时曾月下相约，如今月色依然，人却分离，不知她是否依然如旧？

又

咏浴

　　鬓云松，红玉①润。早月多情，送过梨花影。半晌斜钗慵②未整。晕入轻潮，刚爱微风醒。　　露华③清，人语静。怕被郎窥，移却青鸾镜④。罗袜凌波波不定。小扇单衣，可耐星前冷。

〔注释〕

　　①红玉：红色宝玉，红色而有光泽的东西，古代常用以比喻美人的肤色。②慵：慵懒。③露华：清冷的月光。④青鸾镜：指镜子。

〔词解〕

　　这首词描摹女子情态，粉香脂腻，接近花间词风：月色初上，穿过梨花，多情地映照着她蓬松的发鬓，红润的肌肤。无奈她娇慵慵懒，迟迟不肯梳妆，脸上泛着红潮，享受着拂面的清风。直到月色清冷，夜阑人静，才开始梳妆，又怕被爱郎窥见，于是悄移明镜。看她怜步微移、步履轻盈，衣着单薄，怎么能耐得住这夜晚的寒冷呢？

淡黄柳

咏柳

三眠①未歇，乍到秋时节。一树斜阳蝉更咽，曾绾灞陵②离别。絮已为萍风卷叶，空凄切。　　长条莫轻折。苏小③恨，倩他说。尽飘零、游冶④章台⑤客。红板桥空，湔裙人去，依旧晓风残月。

〔注释〕

①三眠：指柽柳，又名人柳，即三眠柳，此柳的柔弱枝条在风中摇曳，时而伏倒。②灞陵：古地名，本作霸陵。③苏小：指苏小小。④游冶：出游寻乐。⑤章台：秦宫殿名，以宫内有章台而得名，此处指妓楼舞馆。

〔词解〕

这首词咏秋初之柳：三眠柳还没有来得及休息，秋天就乍然降临了。寒蝉幽咽，经过霸陵离别。如今飞絮飘落水面成为浮萍，风卷落叶飞舞，空留悲凉凄切。不要轻易折取柳条作别，苏小小的遗恨还需要它来诉说，那章台游玩之客看它零落殆尽，如今送别的红板桥已经空寂无人，伊人已去。徒留晓风伴残月。

青玉案

辛酉人日①

东风七日蚕芽②软。青一缕、休教剪。梦隔湘烟征雁远。那堪又是，鬓丝吹绿，小胜宜春颤。　　绣屏浑不遮愁断，忽忽年华空冷暖。玉骨③几随花骨换。三春醉里，三秋别后，寂寞钗头燕。

〔注释〕

①人日：旧俗以农历正月初七为人日，传说女娲初创世，在造出了鸡狗猪牛马等动物后，于第七天造出了人，所以这一天是人类的生日。②蚕芽：桑芽。③玉骨：清瘦秀丽的身架，多形容女子的体态。

〔词解〕

这首词吟咏节序，意在感伤离别：正月初七是为人日，桑树吐新芽，青青一缕。而离人却远隔千里，犹如南征之雁不在身边。纵然是绿鬓如云，金衣玉胜，也只能顾影自怜。时光流转，年华易逝，那春愁别恨岂是绣屏就能遮避的。如今容颜变换，青春流逝，那离愁别绪年复一年，不曾间断。

又

宿乌龙江

东风卷地飘榆荚①，才过了，连天雪。料得香闺②香正彻。那知此夜，乌龙江畔，独对初三月。　　　多情不是偏多别，别为多情设。
蝶梦百花花梦蝶。几时相见，西窗剪烛，细
把而今说。

〔注释〕

①榆荚：榆树之荚，榆树结的果实。②香闺：指青年
女子的内室。

〔词解〕

这首词写行役在外、思念爱妻的深情：乌龙江一带天
气早寒，夏天刚刚过去，冬天便立即到来。想必此时闺中
正是花香四溢的时候。哪里知道在乌龙江上的离人正独自
黯然神伤。并不是因为多情而多了离别，而是因为离别偏
就是为多情人而设的。与你身处离别，犹如迷离恍惚之梦
境。什么时候才能与你相聚，秉烛夜谈，诉说我的衷情呢！

月上海棠

中元①塞外

原头野火烧残碣②，叹英魂才魄暗销歇。
终古江山，问东风、几番凉热③。惊心事，又
到中元时节。　　　凄凉况是愁中别，枉沉吟④
千里共明月。露冷鸳鸯，最难忘、满池荷叶。
青鸾⑤杳，碧天云海⑥音绝。

〔注释〕

①中元：中元节，指农历七月十五日。②残碣：残

碑。③凉热：寒暑，冷暖。④沉吟：深思吟咏。⑤青鸾：青鸟，神话传说中为西王母取食传信的神鸟，借指传送信息的使者。⑥碧天云海：形容水天一色，无限辽远。

〔词解〕

这首词是作者在塞外鬼节之时的悲慨：中元时节到来，面对眼前荒漠的残碑断碣，想起古往今来那些浴血沙场的英魂。无论他们的贤愚不肖，都早已成为过去。历史就是如此无情，古今寒暑，胜衰兴亡都成陈迹。身处塞外，恰逢中元之日，但音书阻隔，令人更加孤独寂寞。于是独自沉吟那千里共明月的诗句，虽不免惘然神伤，但却可聊以自慰。

又

瓶梅①

重檐②淡月浑如水，浸寒香③、一片小窗里。双鱼④冻合⑤，似曾伴个人、无寐。横眸处，索笑而今已矣。　与谁更拥灯前髻，乍横斜、疏影疑飞坠。铜瓶小注，休教近、麝炉烟气。酬伊也，几点夜深清泪。

〔注释〕

①瓶梅：插在瓶中以供观赏的梅花。②重檐：两层屋檐。③寒香：清冽的香气，形容梅花的香气。④双鱼：双鱼洗，镌刻有双鱼形象的洗手器。⑤冻合：冰封。

〔词解〕

这首词借瓶梅抒发相思和伤逝之情：月光如水洒在屋檐上，瓶中的梅花开了，小窗里沉浸在一片清香当中。天气寒冷，双鱼洗已经结冰，孤单的人儿不能入睡。回想当时的眉目传情，而今都已一去不返。当初与谁一起在灯下花前，看那梅花的疏影。如今，又是铜瓶花开，麝烟缭绕，而你却不在身旁了，唯有以这几滴相思之泪寄托我的深情。

一丛花

咏并蒂莲①

阑珊②玉佩罢霓裳③，相对绾④红妆。藕丝风送凌波去，又低头、软语⑤商量。一种情深，十分心苦，脉脉背斜阳。　　色香空尽转生香，明月小银塘⑥。桃根桃叶终相守，伴殷勤、双宿鸳鸯。菰米漂残，沉云乍黑，同梦寄潇湘。

〔注释〕

①并蒂莲：并排长在同一茎上的两朵莲花。②阑珊：零乱、歪斜。③霓裳：《霓裳羽衣曲》，唐代著名舞曲，为开元中河西节度使杨敬忠所献，初名《婆罗门曲》，经唐玄宗润色并制歌词后改用今名。④绾：盘绕，系结。⑤软语：体贴温柔委婉的话。⑥银塘：清澈明净的池塘。

〔词解〕

这首词吟咏并蒂莲，形神兼备：并蒂莲花开了，犹如刚刚跳过舞后玉佩阑珊的美人，两朵莲花盘绕联结在一起。微风摇动，藕丝相连，在夕阳下，窃窃私语，含情脉脉，如同凌波仙子般美丽动人，怎不叫人心生怜爱！明月之下，银塘之中，散发着醉人的清香。池中莲如同桃根与桃叶般姐妹情深，永不分离，又有殷勤的鸳鸯游来做伴。即使风云变幻，花瓣凋落，也会像娥皇、女英般共同进退，生死不弃。

金人捧露盘

净业寺观莲，有怀荪友

藕风轻，莲露冷，断虹①收，正红窗、初上帘钩。田田②翠盖，趁斜阳、鱼浪③香浮。此时画阁垂杨岸，睡起梳头。　　旧游踪，招提路，重到处，满离忧。想芙蓉、湖上悠悠。红衣狼藉，卧看桃叶送兰舟④。午风吹断江南梦，梦里菱讴。

〔注释〕

①断虹：一段彩虹，残虹。②田田：形容荷叶相连的样子，古乐府《江南曲》中有"莲叶何田田"的句子。③鱼浪：波浪，鳞纹细浪。④兰舟：兰木制造的船。

〔词解〕

这首词抒写故地重游、怀念友人之情：夕阳中，清风徐来，残虹渐收，风吹莲动，美不胜收。是谁在此时闲坐在杨柳画阁中，刚刚睡起梳头。故地重游，回忆旧事，不胜离愁。你此刻是否在芙蓉湖畔逍遥自在呢？那么惬意的生活是多么令人向往，梦中来到那里，听菱歌唱晚，看美人泛舟，只是这午后恼人的清风将我的江南美梦吹醒。

洞仙歌

咏黄葵①

铅华②不御，看道家妆③就。问取人家入时否。为孤情淡韵，判不宜春，矜标格④、开向晚秋⑤时候。　　无端轻薄雨，滴损檀心，小叠宫罗镇长皱。何必诉凄清，为爱秋光，被几日、西风吹瘦。便零落、蜂黄也休嫌，且对倚斜阳，胜偎红袖。

〔注释〕

①黄葵：植物名，即秋葵、黄蜀葵。②铅华：用来化妆的铅粉。③道家妆：身着黄色的道袍。④标格：风范、品格。⑤晚秋：深秋。

〔词解〕

这首词吟咏黄葵的形貌和情致：黄葵花开，不香艳浓烈，不施粉黛、洗尽铅华，只是素雅的一身黄衣，犹如遁世的道人。且要问这身装扮是否入时？她那孤寂凄清的风范，必然不流世俗，也不愿迎合春天，只愿开在这深秋时候。秋雨淅沥，滴洒在花上，使那像宫罗一样的花蕊微微地折皱。何必述说凄清悲凉呢，只因为爱这秋日，哪怕被秋风吹散也无怨尤，即便零落凋残后比不上那涂额花黄此不要嫌恶。至少能与夕阳相伴，总胜过依附在美人的额头。

剪湘云

送 友

（按此调为顾梁汾自度曲）

险韵①慵拈，新声②醉倚。尽历遍情场，懊恼曾记。不道当时肠断事，还较而今得意。向西风、约略③数年华，旧心情灰矣。　　正是冷雨秋槐，鬓丝憔悴，又领略愁中送客滋味。密约④重逢知甚日，看取青衫和泪。梦天涯、绕遍尽由人，只樽前迢递。

〔注释〕

①险韵：韵字生僻难押的诗韵。②新声：新作的乐曲，新颖美妙的乐音。③约略：大概，大略。④密约：秘密约定。

〔词解〕

这首词写恋友惜别：上阕说采用新声填词，不愿采用险韵，在酒醉中随意填写新词，无拘无束。还记得往日情场失意，懊恼不已，而今日的失意却要比往日的失意更令人沉痛，透出送别的浓浓伤感。对着秋风暗数年华，无论今昔都令人心灰意冷。下阕写愁风冷雨，形容憔悴，又一次领略到送别的愁苦滋味。盼望重逢却不知何时可见，看泪满青衫，离愁无限，天涯路远，唯有以酒相送了。

东风齐著力

电急流光①，天生薄命，有泪如潮。勉为欢谑②，到底总无聊。欲谱频年离恨，言已尽、恨未曾消。凭谁把、一天愁绪，按出琼箫③。　　往事水迢迢④。窗前月，几番空照魂销。旧欢新梦，雁齿⑤小红桥。最是烧灯时候，宜春髻、酒暖蒲萄⑥。凄凉煞、五枝青玉，风雨飘飘。

〔注释〕

①电急流光：形容时间过得极快。②欢谑：欢乐戏谑。③琼箫：玉箫。④迢迢：形容遥远。⑤雁齿：比喻排列整齐之物，常比喻桥的台阶。⑥蒲萄：葡萄酒。

〔词解〕

这首词诉说自己透彻心扉的伤感与苦情：时光飞逝，人生苦短，又加上天生福薄，想到这些不觉泪如雨下。即使强颜欢笑，最后也是百无聊赖。想要将胸中的愁苦写下，然而所有的语言都已说尽，但心头之恨仍然未消。是谁在吹奏玉箫，那箫声如此凄切，更使人销魂。那窗前的明月，又一次照着月下这销魂之人。往事如同江水般连绵不断地涌上心间，梦里忆里都是你我往日的欢会，那最宜人的是元宵佳节，可以久久地欣赏你那形状美丽的发髻，饮着那暖人的葡萄美酒。如今梦已醒，忆成空，只有凄风冷雨，寂寞孤灯，怎不叫人断肠伤情。

满江红

茅屋新成，却赋①

问我何心，却构此、三楹茅屋②。可学得、海鸥③无事，闲飞闲宿？百感都随流水去，一身还被浮名束。误东风、迟日杏花天④，红牙⑤曲。　　尘土梦，蕉中鹿。翻覆手，看棋局。且耽闲殢酒，消他薄福。雪后谁遮檐角翠，雨余好种墙阴绿。有些些、欲说向寒宵，西窗烛。

〔注释〕

①却赋：再赋。却，再。②三楹茅屋：泛指几间茅屋之意。③海鸥：海上常见的一种海鸟。④杏花天：杏花开放时节，指春天。⑤红牙：乐器名，檀木制的拍板，用以调节乐曲的节拍。

〔词解〕

这首词的上阕侧重叙志。问我为什么要造这三间草房，可是为了像海鸥那样无忧无虑，自由自在？将心中的感慨都付与流水，抛开这人世浮名的束缚。在那春天赏花歌舞。下阕点出为何要摆脱"浮名束"。是因为这人生如梦，变幻无常，令人无可奈何，不如冷眼旁观，与友人把酒言欢，消受清福。一起看雪赏雨，西窗剪烛。

又

代北①燕南②，应不隔、月明千里。谁相

卷三

狂风大作鸦鹊飞

　　鸦噪塞上，秋风卷地起，树叶飞落，树上鸟巢被风吹落，惊起一片鸦鹊，聒噪连连。纳兰驻守在外，见此萧瑟景象，更觉凄凉。

一七七

念、胭脂山③下，悲哉秋气④。小立乍惊清露
湿，孤眠最惜浓香腻。况夜乌、啼绝四更头，
边声⑤起。　　　销不尽，悲歌意；匀不尽，相
思泪。想故园今夜，玉阑谁倚？青海不来如
意梦，红笺暂写违心字。道别来、浑是不关
心，东堂桂。

〔注释〕
　　①代北：泛指汉、晋代和唐以后代郡州北部或以北地
区。②燕南：泛指黄河以北地区。③胭脂山：燕支山。古在
匈奴境内，以产燕支（胭脂）草而得名。④秋气：指秋日的
凄清、肃杀之气。⑤边声：边境上的马嘶、风号等声音。

〔词解〕
　　这首词写的是塞上月夜怀妻：上阕写你我天南地北，
然而却不能阻隔千里明月，天涯此时。我伫立在寒夜风
中，承受着这寒冷凄清，孤枕难眠。已近四更，城乌夜
啼，边声四起，此刻谁又在远方挂念塞外苦寒的我呢？悲
歌不胜消受，悲泪暗流不止，在家乡的故园里，谁又在独
倚着栏杆同样神伤呢？只恨无梦可慰相思，唯以违心之字
的书信自慰。

又

　　为问①封姨②，何事却、排空卷地。又不
是、江南春好，妒花天气。叶尽归鸦栖未得，
带垂惊燕飘还起。甚天公不肯惜愁人，添憔

悴。　　搅一霎，灯前睡。听半晌，心如醉。倩③碧纱④遮断，画屏深翠。只影⑤凄清残烛下，离魂⑥飘渺秋空里。总随他、泊粉与飘香，真无谓。

〔注释〕

①为问：犹相问、借问。②封姨：古时神话传说中的风神，亦称"封家姨""十八姨""封十八姨"。③倩：乞求、恳求。④碧纱：碧纱窗、绿色的窗户。⑤只影：谓孤独无偶。⑥离魂：指远游他乡的旅人。

〔词解〕

这首词写塞上秋风排空卷地之景和自己的凄清无聊之情：相问秋风，因何这般排空卷地而来。现在又不是江南的妒花时节，为何要如此狂风大作。狂风将树叶吹落，使归来的乌鸦无处栖息，使小燕惊飞，几欲坠落，又被风吹起。老天不肯怜惜愁苦的旅人，偏要为他增添憔悴。在灯前刚刚睡去，便被狂风声搅醒。耳旁的狂风吹了半晌，心如酒醉一般浑沌不明。指望那绿窗与画屏能遮挡住狂风。孤灯残影，离魂飘渺，吹残的花瓣与飘散的花香都随之而去，怎不叫人倍觉伤情。

满庭芳

堠①雪翻鸦，河冰跃马，惊风吹度龙堆②。阴磷③夜泣，此景总堪悲。待向中宵起舞④，无人处、那有村鸡。只应是、金笳⑤暗拍，一样泪沾衣。　　须知今古事，棋枰胜负，翻覆如斯。叹纷纷蛮触，回首成非。剩得几行青史，斜阳下、断碣残碑。年华共、混同江水，流去几时回。

〔注释〕

　　①堠：古代瞭望敌情的土堡，或记里数的土堆。②龙堆：白龙堆的略称，古西域沙丘名。③阴磷：磷火，鬼火。④中宵起舞：谓天还没有亮就起舞。⑤金笳：胡笳的美称，古代少数方民族常用的一种管乐器。

〔词解〕

　　这首词借古代战场抒发今日悲愤：站在这古代战场的遗址之上，看如今寂寞荒凉之境，升起荒寒阴森之感。本有祖逖闻鸡起舞的爱国之心，但村鸡却已踪迹全无，无处寻找。只听得金笳声声，不觉泪湿衣襟，徒增伤感。要知道古往今来，胜败得失，都如翻云覆雨般变化无常，虚无短暂。一切纷争、一切功业，到头来只不过徒留几行青史，除了夕阳下斜矗的断碣残碑之外，什么都剩不下。年华就如同这松花江水一般，流去之后不知什么时候能够再回来。

又

题元人《芦洲聚雁图》

　　似有猿啼，更无渔唱①，依稀落尽丹枫②。湿云影里，点点宿宾鸿③。占断④沙洲寂寞，寒潮上、一抹烟笼。全不似、半江瑟瑟，相映半江红。　　楚天秋欲尽，荻花吹处，竟日冥蒙⑤。近黄陵祠庙，莫采芙蓉。我欲行吟去也，应难问、骚客遗踪。湘灵杳、一樽遥酹，还欲认青峰。

〔注释〕

①渔唱：渔人唱的歌。②丹枫：经霜泛红的枫叶。③宾鸿：鸿雁、大雁。④占断：全部占有，占尽。⑤冥蒙：幽暗不明。

〔词解〕

这首词为题画之作：上阕摹写画图之景，这图画栩栩如生，仿佛能听到猿啼，却没有渔唱之声，红色的枫叶已经落尽，天空的湿云里飞过点点雁影。寂寞沙洲，滚滚寒潮，轻烟朦胧，完全不像白居易所描绘的江边傍晚美丽的情景。已近深秋，芦花处处，一派迷蒙之景。经过二妃黄陵祠庙，千万不要采摘荷花。我欲行吟而去，想起三闾大夫，如今却难寻踪迹。想起娥皇、女英，她们的踪影已杳不可见，于是不胜叹惋，只有举杯遥祭。

纳兰词卷四

水调歌头

题西山①秋爽②图

空山梵呗③静，水月影俱沉。悠然一境人外，都不许尘侵。岁晚忆曾游处，犹记半竿斜照，一抹界疏林④。绝顶茅庵⑤里，老衲⑥正孤吟。　　云中锡，溪头钓，涧边琴。此生著几两屐，谁识卧游心？准拟乘风归去，错向槐安回首，何日得投簪？布袜青鞋约，但向画图寻。

〔注释〕

①西山：山名，北京西郊群山的总称。②秋爽：秋日的凉爽之气。③梵呗：佛教徒作法事时念诵经文的声音。④疏林：稀疏的林木。⑤茅庵：茅庐，草舍。⑥老衲：年老的僧人。

〔词解〕

这首词是题画之作：上阕侧重景与境的描写。空山梵呗，水月洞天，这世外幽静的山林，不惹一丝世俗的尘埃。还记得那夕阳西下时，疏林上一抹微云的情景。在悬崖绝顶之上的茅草屋中，一位老和尚正在沉吟。下阕侧重观画之感受与心情的刻画。行走在云山之中，垂钓于溪头之上，弹琴于涧水边，真是快活无比。隐居山中，四处云游，一生又能穿破几双鞋子，而我赏画神游的心情又有谁能理解？往日误入仕途，贪图富贵，如今悔恨，想要归隐山林，但是这一愿望要到何日才可以实现呢！只希冀从这画中得到安慰。

又

题岳阳楼①图

落日与湖水，终古②岳阳城。登临半是迁客③，历历数题名。欲问遗踪何处，但见微波④木叶⑤，几簇打鱼罾⑥。多少别离恨，哀雁下前汀。　　忽宜雨，旋宜月，更宜晴。人间无数金碧⑦，未许著空明⑧。淡墨生绡谱就，待倩横拖一笔，带出九疑青。仿佛潇湘夜，鼓瑟旧精灵。

〔注释〕

①岳阳楼：湖南岳阳西门古城楼。②终古：往昔，自古以来。③迁客：遭贬迁的官员。④微波：细小的波纹。⑤木叶：树叶。⑥鱼罾：鱼网。⑦金碧：金黄和碧绿的颜色，此处指金碧山水画。⑧空明：空旷澄澈。

〔词解〕

这首词为题画之作，赞美图画，感慨人事：这岳阳楼的落日与湖水自古以来都是岳阳城的名胜。来到这里的大都是迁客骚人，留下了无数不朽的诗句。但要问寻他们的遗踪，却只能看到洞庭微波，木叶凋零，几处渔网横卧。

人世间多少离恨，都如同这寂寞哀雁飞下孤洲。无论风雨晴空，无论明月暮霭，都各具风情。人间无数精美的金碧山水画，都不及它的澄澈空明。只用淡墨生绢摹画，巧妙地横向拖出一笔，那九疑山青青的风神便呈现出来，就如同在这潇湘夜色中，那湘水之神正弹奏着古瑟般栩栩如生！

凤凰台上忆吹箫

除夕得梁汾闽中信，因赋

荔①粉初装，桃符②欲换，怀人拟赋然脂③。喜螺江④双鲤⑤，忽展新词。稠叠⑥频年⑦离恨，匆匆里、一纸难题。分明见、临缄重发，欲寄迟迟。　　心知。梅花佳句，待粉郎⑧香令，再结相思。记画屏今夕，曾共题诗。独客料应无睡，慈恩梦、那值微之。重来日，梧桐夜雨，却话秋池。

〔注释〕

①荔：植物名，又称木莲。果实富胶汁，可制凉粉，有解暑作用。②桃符：古时挂在大门上的两块画着门神或写着门神名字用于辟邪的桃木板。③然脂：泛指点燃火炬、灯烛之属。④螺江：水名，也称螺女江。⑤双鲤：一底一盖，把书信夹在里面的鱼形木板，常指代书信。⑥稠叠：稠密重叠，密密层层。⑦频年：连续几年。⑧粉郎：傅粉郎君，三国魏何晏美仪容，面如傅粉，尚魏公主封列侯，人称粉侯，亦称粉郎。

〔词解〕

　　这首词是除夕之夜得到友人所寄信函后的怀友之作：薜荔萌发，春联欲换，在这辞旧迎新的时刻，怀人之情油然而起，遂点灯而赋。却欣喜地得到了来自闽中友人的书信，展开来奉读那动人的新词。这多年的离愁别恨，又岂能在这匆匆书写的一纸信文中说尽。于是信写好后，将封寄出，又拆开来，犹恐漏掉什么、未尽深意。记得曾经的除夕之夜，我们在一起题诗。心中明了，那咏梅的佳句还在等待着你回来题赋。料想你独在闽中，此时正辗转不眠，而京华旧游之事犹如梦幻，你已不在其中。遥想他日重逢，当是在梧桐夜雨之时，那时定然能一起追忆今日的情景。

又

守岁①

　　锦瑟②何年，香屏③此夕，东风吹送相思。记巡檐④笑罢，共捻梅枝。还向烛花影里，催教看、燕蜡鸡丝⑤。如今但、一编消夜，冷暖谁知？　　当时。欢娱见惯，道岁岁琼筵⑥，玉漏⑦如斯。怅难寻旧约，枉费新词。次第朱幡剪彩，冠儿侧、斗转蛾儿。重验取，卢郎青鬓，未觉春迟。

〔注释〕

　　①守岁：农历除夕一夜不睡，送旧迎新。②锦瑟：漆有织锦纹的瑟，借喻往日的好时光。③香屏：华美的屏

卷四

一八五

风。 ④巡檐：来往于檐前。⑤燕蜡鸡丝：燕蜡与鸡丝，旧俗农历正月初一所做的节日食品。⑥琼筵：盛宴、美宴。⑦玉漏：古代计时漏壶的美称。

〔词解〕

这首词借写节序抒发怀人之感：什么时候才能再有那美好的时光啊，今岁的除夕只剩有锦瑟相伴，东风吹来则更增添了相思。还记得当年你我共度除夕的情景，那时你我欢笑着往来于檐下，之后又共捻着梅枝。在灯影里催看手中的蜡燕、丝鸡做得如何。如今我却手持着一卷书来消磨着除夕，我的伤心寂寞还有谁能知晓？那时见惯了欢娱的情景，没想到会有今日的孤寂。当时还说以后年年都会有美宴，漏壶的滴答声也会永远如此。如今却难以实现旧时的愿望，如何不叫人惆怅。家家户户挂起朱幡彩旗，人们高高兴兴地戴上了迎新的装饰。再来看看我，虽然仍是青春年少，然而心却已老。

金菊对芙蓉

上元①

金鸭②消香，银虬③泻水，谁家夜笛飞声？正上林④雪霁，鸳瓬⑤晶莹。鱼龙舞⑥罢香车杳，剩尊前、袖掩吴绫。狂游似梦，而今空记，密约烧灯。 追念往事难凭。叹火树星桥，回首飘零。但九逵烟月，依旧笼明。楚天一带惊烽火，问今宵、可照江城？小窗残酒，阑珊灯灺，别自关情。

〔注释〕

①上元：上元节，也叫元宵节。②金鸭：一种镀金的鸭形铜香炉，多用以熏香或取暖。③银虬：亦作"银蚪"，银漏、虬箭。④上林：上林苑，古代宫苑名。⑤鸳鸯：用对称的砖瓦砌成的井壁，亦借指井。⑥鱼龙舞：古代百戏杂耍节目，亦称鱼龙杂戏、鱼龙百戏。

〔词解〕

这首词抒写上元之日的感怀：元宵佳节到来，看香炉中轻烟袅袅，漏壶滴水，不知哪里传来了玉笛之声。现在园囿中正是大雪初霁，飞檐碧瓦分外晶莹。街市上热闹非常，鱼龙杂耍，香车宝马，只有我一个人对酒独坐。记得当初相约今日一起赏灯，如今却恍然成梦。怀念往事，心中难平。那满眼的灯火璀璨，不堪回首。那京城的通衢大道上，烟云缭绕，月色朦胧。如今南方战事未平，不知今日是否也会有如此热闹的灯火相照？而我却对着小窗残酒，望着微弱的烛光，感慨万千。

琵琶仙

中秋

碧海①年年，试问取冰轮②，为谁圆缺？吹到一片秋香，清辉了如雪。愁中看、好天良夜，知道尽成悲咽③。只影而今，那堪重对，旧时明月。　　花径里戏捉迷藏，曾惹下萧萧井梧叶④。记否轻纨小扇⑤，又几番凉热。只落得、填膺百感，总茫茫、不关离别。

卷四

一八七

納蘭詞

中秋月

　　中秋月团圆，而人却聚散无定。桂子飘香，月华如水，孤身一人遥望夜空，更觉愁绪无处安放。不期有笛声悠悠传来，过往旧梦，一起涌上心头。此词凄婉哀凉，应为纳兰妻卢氏去世后所作。

一任紫玉无情，夜寒吹裂。

〔注释〕

①碧海：此处指青天。②冰轮：圆月。③悲咽：悲伤呜咽。④井梧叶：井边梧桐树的叶子。⑤轻纨小扇：指纨扇，即用细绢制成的团扇。

〔词解〕

这首词描绘了中秋月下的景致：年年岁岁，问那天上的明月在为谁圆缺？待到了桂花飘香时，那月色更加清净如雪。这花好月圆的美好景色，在满怀愁绪的人看来也只觉伤感呜咽。形单影只，该如何去面对那旧时的明月？曾记得我们在鲜花小径追逐嬉戏，惹得梧桐树叶纷纷飘落，还记得那轻纱团扇陪伴了几个寒秋。如今却只落得胸中百感交集，无处申诉。任凭那幽咽的笛声唤起旧梦，吹到天明。

御带花

重九①夜

晚秋却胜春天好，情在冷香②深处。朱楼③六扇小屏山④，寂寞几分尘土。虬尾⑤烟消，人梦觉、碎虫零杵⑥。便强说欢娱，总是无憀⑦心绪。　　转忆当年，消受尽皓腕红黄，嫣然一顾。如今何事，向禅榻茶烟，怕歌愁舞。玉粟寒生，且领略、月明清露。叹此际凄凉，何必更、满城风雨。

〔注释〕

①重九：重阳，阴历九月初九。②冷香：指清香的花。③朱楼：谓富丽华美的楼阁。④屏山：屏风。⑤虬尾：指盘曲若虬的盘香。⑥碎虫零杵：断断续续的虫声和杵声。⑦无憀：空闲而烦闷的心情。

〔词解〕

这首词写重阳节的无聊心绪，同时忆旧抒怀：深秋季节的景致要比春天更美好，无限风情尽在秋日的花香深处。小楼的屏风落下些许微尘，却无人打扫。盘香烟消，孤独的人被窗外传来的虫鸣声和捣衣声惊醒，再难成眠。即使强颜欢笑，那百无聊赖的心绪也难以消减。记得当年，有伊人相伴一旁，那嫣然一笑，如今犹自灿烂。现如今，却空寂无聊，独自禅坐，怕见那歌舞繁华。清风雨露，霜华渐生，不觉寒冷。纵使不是满城风雨，而是胜却春天的美好秋夜，也已经只能感受到无比的凄凉冷清了。

念奴娇

人生能几？总不如休惹、情条①恨叶。刚是尊前同一笑，又到别离时节。灯地挑残，炉烟爇②尽，无语空凝咽③。一天凉露，芳魂④此夜偷接。　　怕见人去楼空，柳枝无恙，犹扫窗间月。无分暗香深处住，悔把兰襟⑤亲结。尚暖檀痕，犹寒翠影，触绪添悲切。愁多成病，此愁知向谁说？

〔注释〕

①情条：指纷乱的情绪。②爇：燃烧。③凝咽：哽咽，形容哭时不能痛快地发出声音。④芳魂：谓美人的魂魄。⑤兰襟：芬芳的衣襟，比喻知心朋友。

〔词解〕

人生几何？还是不要去招惹那些情恨爱愁吧。才刚对酒一笑，离别的季节便又来到。看残灯摇曳，炉烟燃尽，只能默默无语暗自垂泪。你的芳魂在这满天的凉露中与我相逢。柳枝遮掩了窗间的月色，我却害怕看到人去楼空的凄凉景色。你我有缘无分，不能同居共处，真悔恨当初那样的亲昵。泪痕犹在，芳影尚存，触动我无边的愁绪。愁苦成病，相思成疾，如今这寂寞哀愁又该对谁倾诉呢？

又

绿杨飞絮，叹沉沉①院落、春归何许②？尽日缁尘③吹绮陌④，迷却梦游归路。世事悠悠，生涯未是，醉眼斜阳暮。伤心怕问，断魂何处金鼓⑤？　　夜来月色如银，和衣独拥，花影疏窗度。脉脉此情谁得识？又道故人别去。细数落花，更阑⑥未睡，别是闲情绪。闻余长叹，西廊唯有鹦鹉。

〔注释〕

①沉沉：幽深的样子。②何许：什么，哪里。③缁尘：黑色的灰尘。常喻世俗污垢。④绮陌：繁华的街道，

亦指风景美丽的郊野道路。⑤金鼓：钲。⑥更阑：更深夜尽，深夜。

〔词解〕

这首词唱叹与故人别后的孤苦寂寞：窗外绿杨飞絮，庭院深深，不知春归何处？终日的凡尘俗事让人迷乱，已经找不到来时的路。世事变换，人生无常，唯有一双醉眼看斜阳。何处传来金鼓之声，听了如此让人伤心断肠？夜来月色如银似水，孤独的人却只能和衣独坐在窗前的花影里。知我者又别我而去，这种孤苦无告，幽独寂寞又有谁能知晓？夜深难眠，空数落花，心绪寂寞如斯，那慨然长叹之声也只有西廊的鹦鹉能听到了。

又

废园有感

片红①飞减，甚东风不语、只催漂泊。石上胭脂②花上露，谁与画眉③商略④？碧甃⑤瓶沉，紫钱⑥钗掩，雀踏金铃索。韶华如梦，为寻好梦担阁。　　又是金粉空梁，定巢燕子，一口香泥落。欲写华笺凭寄与，多少心情难托。梅豆圆时，柳绵飘处，失记当初约。斜阳冉冉，断魂分付残角。

〔注释〕

①片红：残花。②胭脂：一种化妆用的红色颜料，这里指花瓣。③画眉：画眉鸟，叫声婉转动听，是著名的笼

禽，因有色眼圈而得此名。④商略：商讨。⑤碧甃：青绿色的井壁，借指井。⑥紫钱：指苔藓。

〔词解〕

这首词写因废园之景而起的无限愁怀：残花飘飞，东风不语，只是催促着它的凋谢。石头上已经落下了红红的一片，画眉啼鸣婉转，犹如人之商讨一般。井壁被杂草深掩，钗头被苔藓掩盖，麻雀还踏在护花铃绳上鸣啼，往日相游相嬉的踪迹都不见了。人生如梦，美好的时光易逝，都因为寻找旧梦耽搁了。又是春满人间，原来华美的屋梁上，燕子又飞回衔泥筑巢了。想要写信寄去相思，只怕用尽所有语言也难以诉尽衷肠。梅花开时，柳絮飘处，都有我们当时的盟约。夕阳西下，残角声起，无限凄凉。

又

宿汉儿村

无情野火，趁西风烧遍、天涯芳草。榆塞①重来冰雪里，冷入鬓丝吹老。牧马长嘶，征笳②乱动，并入愁怀抱。定知今夕，庾郎③瘦损④多少。　　便是脑满肠肥，尚难消受，此荒烟落照。何况文园⑤憔悴后，非复酒垆⑥风调。回乐峰寒，受降城远，梦向家山绕。茫茫百感，凭高唯有清啸。

〔注释〕

①榆塞：泛称边关、边塞。②征笳：旅人吹奏的胡笳。③庾郎：指北周诗人庾信，此处借指多愁善感的诗人。

④瘦损：消瘦。⑤文园：指汉司马相如，因司马相如曾任文园令而得名。⑥酒垆：卖酒处安置酒瓮的砌台，亦借指酒肆、酒店。

〔词解〕

这首词抒发出使塞上途中的感慨：塞上荒凉萧索，无情的野火趁着秋风将无边的芳草都烧遍了。再一次来到边塞，又是风雪交加，寒风刺骨，催人老去。战马嘶鸣，号角声起，凄冷苦寒，让人伤怀，如庾郎愁怀难遣，致使身心憔悴消瘦。即便是脑满肠肥的得意之人，也难以承受这长河落日、大漠孤烟的悲凉之景。又何况是如同司马相如这样往日风采不再的多愁多病之身呢？塞外苦寒荒凉，旅人梦回故乡，心中百感陈杂，思绪茫茫，只有登高长啸才能抒怀。

东风第一枝

桃花

薄劣东风，凄其夜雨，晓来依旧庭院。多情前度崔郎①，应叹去年人面。湘帘②乍卷，早迷了、画梁栖燕。最娇人、清晓莺啼，飞去一枝犹颤。　　背山郭、黄昏开遍。想孤影、夕阳一片。是谁移向亭皋③，伴取晕眉④青眼⑤。五更风雨，莫减却、春光一线。傍荔墙⑥、牵惹游丝⑦，昨夜绛楼⑧难辨。

〔注释〕

①崔郎：崔护，字殷功，博陵（今河北定州）人。唐

代诗人，官至御史大夫、岭南节度使。②湘帘：用湘妃竹做的帘子。③亭皋：水边的平地。④晕眉：谓妇女晕淡的眉目。⑤青眼：柳眼。⑥荔墙：薜荔墙。⑦游丝：漂浮在空中的蛛丝。⑧绛楼：红楼。

〔词解〕

这首词为咏桃花之作：薄情的东风，凄迷的夜雨，早晨的庭院依然如旧。然而多情的桃花却绽开了，此情此景如果崔护看到，应当会发出人面桃花的感叹吧。卷起竹帘，看到梁间栖燕。清晓，耳边黄莺在枝头歌唱，那细嫩轻柔的啼鸣声最是动人，当它飞去后，桃枝犹自颤抖。桃花开遍山郭，在夕阳里它的风采依然美丽，谁又将它移到水边与杨柳为伴，从而使它愈加动人迷离。接下去转写感受和良好的愿望。结处忽宕起一笔，点醒题旨，回照了开端，景情融铸合一，含悠然不尽之意，给人以感发，给人以联想，给人以朦胧之美。夜来的风雨减损了春色，而那鲜艳的桃花依傍在薜荔墙下，愈发红艳可爱，牵惹着游丝，与那红色的楼阁互掩难辨。

秋 水

听 雨

（按此调谱律不载，疑亦自度曲）

谁道破愁须仗酒，酒醒后，心翻醉。正香消翠被①，隔帘惊听，那又是、点点丝丝和泪。忆剪烛②、幽窗小憩③。娇梦垂成④，频唤觉、一眸秋水⑤。　　依旧乱蛩声里，短檠⑥明灭，怎教人睡。想几年踪迹，过头风浪，只消受、一段横波花底。向拥髻、灯前提起。甚日还来，同领略、夜雨空阶滋味。

〔注释〕

①翠被：翡翠羽制成的背帔。②剪烛：促膝夜谈。③小憩：短暂休息。④垂成：事情即将成功。⑤秋水：秋天的水，比喻人清澈明亮的眼睛。⑥短檠：矮灯架，借指小灯。

〔词解〕

这首词写诗人听秋雨而生发的情感：谁说消愁一定要喝酒，酒醒之后，心反而醉了。伊人已不在身边，寂寞无聊，却听得窗外淅淅沥沥地下起了秋雨，可知那雨水是伴着泪水流下的呢。记得当初秋夜闻雨，西窗剪烛，你当时刚要睡着却又被频频唤醒，眼神迷离的情景。现在已经是秋虫哀鸣，灯光明灭，可寂寞却叫人无法入睡。回想这几年的足迹，经历的风风雨雨，只有与你相守的日子最让人安慰。想和灯烛前髻的你诉说，又不知什么时候才能再回来，让我们一起领略这秋雨缠绵的无尽秋意！

木兰花慢

立秋夜雨，送梁汾南行

盼银河迢递，惊入夜，转清商①。乍西园蝴蝶，轻翻麝粉②，暗惹蜂黄③。炎凉。等闲瞥眼，甚丝丝、点点搅柔肠。应是登临送客，别离滋味重尝。　　疑将。水墨④画疏窗⑤。孤影⑥淡潇湘。倩一叶高梧，半条残烛，做尽商量。荷裳。被风暗剪，问今宵、谁与盖鸳鸯。从此羁愁万叠，梦回分付啼螀。

〔注释〕

①清商：商声，古代五音之一。古谓其调凄清悲凉，故称。②麝粉：香粉，代指蝴蝶翅膀。③蜂黄：古代妇女涂额的黄色妆饰。④水墨：浅黑色，常形容或借指烟云。⑤疏窗：雕刻有花纹图案的窗户。⑥孤影：孤单的影子。

〔词解〕

这首词为送别之作：盼望着高远的天河出现，入夜却偏偏下起了悲凄的秋雨。秋风乍起，园中蜂飞蝶舞，一片凄凉的景象。世态炎凉。入秋夜雨本来是件等闲之事，但今夜那丝丝点点之声却搅断了我的寸寸柔肠。送别又偏偏是在立秋夜雨之时，更加愁上添愁。烟雨蒙蒙，好像一幅疏窗孤影的水墨画。加上夜雨梧桐、泣泪残烛，令我费尽思量。荷叶被西风吹散，今夜谁来让鸳鸯栖息呢？从此以后旅途劳顿，离忧恼人，当梦醒的时候，唯有悲切的寒蝉声相伴了。

水龙吟

题文姬①图

须知名士倾城，一般易到伤心处。柯亭②响绝，四弦③才断，恶风吹去。万里他乡，非生非死，此身良苦。对黄沙白草④，呜呜卷叶，平生恨、从头谱。　　应是瑶台⑤伴侣。只多了、毡裘⑥夫妇。严寒觱篥⑦，几行乡泪，

納蘭詞

应声如雨。尺幅重披，玉颜千载，依然无主。怪人间厚福，天公尽付，痴儿呆女。

〔注释〕

①文姬：汉蔡文姬，名蔡琰，字文姬。②柯亭：古地名，又名高迁亭。③四弦：指琵琶。因有四弦，故称。④黄沙白草：形容边塞的荒凉景象。⑤瑶台：美玉砌的楼台。⑥毡裘：古代北方少数民族用动物毛制成的衣服。⑦觱篥：古代的一种管乐器，形似喇叭，以芦苇为嘴，以竹做管，吹出的声音十分悲凄。

〔词解〕

这首词为题画之作，描绘了文姬赴漠北的情景：要知名士与美人都是多情而敏感的，他们最易生愁动感。昨日的飘逸生活和无限才情都被无情的风雨吹去。从此以后孤身一人远在万里他乡，生死难度，苦难良多。面对这荒凉边塞，北风卷地，平生无限悲恨便从此开始了！蔡文姬本可以成为汉家的贵妇人，或是宫中的后妃，如今却身穿毡裘，远嫁异族。面对这清苦生活，思乡之泪滂沱。这画中的人儿已经过千秋万载，却依然未变。怪老天如此不公，使天下痴儿呆女偏得人间厚福。

又

再送苏友①南还

人生南北真如梦，但卧金山高处。白波②东逝，乌啼花落，任他日暮。别酒盈觞，一声将息，送君归去。便烟波万顷，半帆残月，几回首，相思否。　　可忆柴门深闭，玉绳③低、剪灯夜雨。浮生如此，别多会少，不如莫遇。愁对西轩，荔墙叶暗，黄昏风雨。更那堪几处，金戈铁马④，把凄凉助。

〔注释〕

①荪友：严绳孙，自号勾吴严四，又号藕荡老人、藕荡渔人。清初诗人、文学家、画家。②白波：白色波浪或水流，此处比喻时光。③玉绳：星名，常泛指群星，北斗七星之斗勺，在北斗第五星玉衡之北，即天乙、太乙二星。④金戈铁马：金属制的戈，配有铁甲的战马。指代战争。

〔词解〕

这首词为送别之作，表达怆然伤别的深挚友情：天南地北，人生如梦，不如归隐高卧。看江水东流，花开花落，莺歌燕语，任凭时光飞逝，何等惬意。眼前你我离别之情充满了酒杯，只能一声叹息，送你离去。千里烟波，孤帆远影，晓风残月，相思之苦不堪回首。忆起柴门紧闭，斗转星移，夜雨畅谈的时光。人生如此惆怅，既然要有那么多离别，不如当初没有相知相遇。如今离别，愁风冷雨。更何况还有战事不断，更把这凄凉推向高潮。

齐天乐

上元

阑珊火树鱼龙舞，望中宝钗楼①远。鞑鞨② mò hé
余红，琉璃③剩碧，待嘱花归缓缓。寒轻漏浅。正午敛烟霏④，陨星⑤如箭。旧事惊心， yǔn

一双莲影藕丝断。　　莫恨流年似水，恨销残蝶粉，韶光忒贱。细语吹香，暗尘笼鬓，都逐晓风零乱。阑干敲遍。问帘底纤纤，甚时重见？不解相思，月华今夜满。

〔注释〕

①宝钗楼：唐宋时咸阳酒楼名，多指歌楼酒肆。②鞡鞯：红鞡鞯，又称鞡鞯芽，即红玛瑙。相传产于鞡鞯国，故名。③琉璃：用铝和钠的硅酸化合物烧制成的釉料，常见的有绿色和金黄色两种，多加在黏土的外层，烧制成缸、盆、砖瓦等器物。④烟霏：云烟弥漫，烟雾缭绕。⑤陨星：流星，代指燃放的烟火。

〔词解〕

这首词写的是在元宵之夜的所见所想：上元之夜，灯事已近尾声，人们渐渐离去，远远望去，闹市中的歌楼酒馆也愈来愈远了。远远望去灯市上红红绿绿的灯火像鞡鞯、琉璃般星星点点，缓缓地消散。夜已深，寒意袭人，漏壶的水也快要滴完了。突然见到一双莲花形的灯影，于是陈年旧事被勾起，如同烟花般骤然升起，并迅速扩散，令人心惊，又令人情思难断。莫怪美好时光太过短暂。想你当时细声细气的谈笑，吐气如兰，如今我却是两鬓生尘，散落在清晨的寒风里。寻遍栏杆，那帘下的纤纤丽人，何时还能再见？月亮不知道人的相思，偏偏要在今夜团圆。

又

洗妆台①怀古

六宫②佳丽谁曾见，层台③尚临芳渚④。露脚⑤斜飞，虹腰⑥欲断，荷叶未收残雨。添妆何处，试问取雕笼⑦，雪衣⑧分付。一镜空蒙，鸳鸯拂破白蘋去。　　相传内家⑨结束，有帊装⑩孤稳，靴缝女古。冷艳全消，苍苔玉匣，翻出十眉遗谱。人间朝暮。看胭粉亭西，几堆尘土。只有花铃，绾风深夜语。

〔注释〕

①洗妆台：指金章宗为李妃所建的梳妆楼。②六宫：古代皇后的寝宫，正寝一，燕寝五，合为六宫。③层台：重台，高台。④芳渚：长有芳草花卉的水边。⑤露脚：露滴。⑥虹腰：本意虹的中部，这里指虹桥，拱桥。⑦雕笼：指雕刻精致的鸟笼，代指笼中之鸟。⑧雪衣：白色的羽毛，即雪衣女，泛指某些白色的鸟类，这里指白鹦鹉。⑨内家：指皇宫宫廷，或指宫女、太监。⑩帊装：又称帕服，谓盛服。

〔词解〕

这首词为登临吊古，以辽太后往事，抒发以古为鉴之意：往日那六宫中美丽的皇后妃嫔早已消逝，谁又见到过呢？而今只有这太液池畔高高的楼台依稀尚存。雨脚斜飞，水漫拱桥，荷叶田田，残雨潇潇，眼前是一片迷蒙的景象。要问在何处添妆，只有笼中的鹦鹉能够回答。眼前只有一片空蒙碧水，鸳鸯游荡于白蘋之间。辽代宫中曾以玉饰首，以金饰足，而不再采用汉家宫中的妆束样式。如今繁华落尽，玉匣生苔，从中翻出唐代的《十眉图》。人间变换只在朝夕之间。看那曾经的脂粉亭中已是尘土堆积，只有护花铃还摇曳在深夜的风雨之中。

又

塞外七夕①

白狼河②北秋偏早，星桥③又迎河鼓④。清漏频移，微云欲湿，正是金风玉露⑤。两眉愁聚。待归踏榆花，那里才诉。只恐重逢，明明相视更无语。　　人间别离无数。向瓜果筵⑥（yán）前，碧天⑦凝伫⑧（zhù）。连理千花，相思一叶，毕竟随风何处。羁栖⑨良苦。算未抵空房，冷香啼曙（shǔ）。今夜天孙，笑人愁似许。

〔注释〕

①七夕：农历七月初七。②白狼河：古水名，即今辽宁境内的大凌河，因发源于白狼山而得名。③星桥：神话中的鹊桥。④河鼓：星名，属牛宿，在牵牛之北，一说即牵牛。⑤金风玉露：秋风和白露，借指秋天。⑥瓜果筵：七夕有夜食瓜果的习俗。⑦碧天：青天，蓝色的天空。⑧凝伫：凝望伫立，停滞不动。⑨羁栖：滞留他乡。

〔词解〕

这首词咏七夕，作于第一次扈驾出巡塞外，抒发羁栖之苦：又是七夕之夜，白狼河的秋天来得格外的早，又到了牛郎织女鹊桥相会的日子。时光流转，湿云微微，正是这秋风白露相逢的初秋时节。两眉凝聚，乡愁升起，只有等到踏上回家的路，才能倾诉。只怕相逢的时候，明明四目相对，却仍旧相顾无言。人世间有别离无数，都在这七夕之夜，举头仰望碧天，遥寄相思。那连理枝、相思树的誓言，如今都随风飘向了何处？羁旅之苦，想来家中伊人同样独守空闺，相思成灾，暗自垂泪。今夜天空的织女星，恐怕也要笑人间也有如此的离愁别苦！

瑞鹤仙

丙辰①生日自寿。起用《弹指词》句，并呈见阳②。

马齿③加长矣，枉碌碌乾坤，问汝何事。浮名总如水。判尊前杯酒，一生长醉。残阳影里，问归鸿④、归来也未？且随缘⑤、去住无心，冷眼华亭鹤唳。　　无寐。宿醒犹在。小玉来言，日高花睡。明月阑干，曾说与、应须记。是蛾眉便自、供人嫉妒，风雨飘残花蕊。叹光阴、老我无能，长歌而已。

〔注释〕

①丙辰：即康熙十五年（1676）。②见阳：张见阳，即张纯修，字子敏，号见阳，河北丰润人。③马齿：马的牙齿。后因以谦称自己虚度年华，没有成就。《穀梁传·僖公二年》："荀息牵马操璧而前曰：'璧则犹是也，而马齿

納蘭詞

仰观鸿雁

　　"木秀于林，风必摧之。"纳兰一生才高过人，又不善逢迎，自是招来许多人的忌恨。值此生日之际，感慨人生，冷眼待功名。

二〇四

加长矣！'"④归鸿：归雁，诗文中多用以寄托归思。
⑤随缘：佛教语，谓佛应众生之缘而施教化。

〔词解〕

　　这首词是作者22岁生日抒怀自寿之作：年龄又长了一岁，自问在这莽莽乾坤中，在这大千世界里。徒自碌碌无为，所营何事！这人世浮名如同流水，转眼即逝。不如一醉方休，常睡不醒。夕阳西下，问天空鸿雁是否已经归来？不如达观处世，顺其自然，对富贵功名之事须冷眼相看。心绪不佳唯借酒解忧，疏懒度日，日高不起。侍女说你我在月明凭轩之时，曾经共语人生，既是高标见妒，出众的人才，便自然要遭人嫉妒，犹如那美丽的鲜花遭遇风雨的摧残一样。感叹时光蹉跎，一事无成，唯有长歌解忧。

雨霖铃

种柳

　　横塘①如练。日迟帘幕②，烟丝斜卷。却从何处移得，章台③仿佛，乍舒娇眼。恰带一痕残照，锁黄昏庭院。断肠处、又惹相思，碧雾④蒙蒙⑤度双燕。　　回阑⑥恰就轻阴⑦转。背风花⑧、不解春深浅。托根⑨幸自天上，曾试把、《霓裳》舞遍。百尺垂垂，早是酒醒，莺语如剪。只休隔、梦里红楼，望个人儿见。

〔注释〕

　　①横塘：古堤名，在江苏吴西南，泛指水塘。②帘

幕：遮蔽门窗用的大块帷幕。③章台：秦宫殿名，以宫内有章台而得名，泛指京城的宫苑。④碧雾：青色的云雾。⑤蒙蒙：迷茫的样子。⑥回阑：回栏，曲折的栏杆。⑦轻阴：淡云。⑧风花：风中的花。⑨托根：犹寄身。

〔词解〕

这首词写相思相忆的恋情：庭院里，水塘边，夕阳下的弱柳依依，如烟似雾。且问是从哪里移来的，张开娇眼，说是从章台而来。此时夕阳残照，仿佛锁住了黄昏的庭院。成双成对的燕子在青色的云雾中飞来飞去，惹起了无尽的相思。轻云随回栏流转，而背风的花朵不受风欺，不知春天的变化。幸而曾寄身于天上，已舞遍《霓裳羽衣曲》。酒醒之后，黄莺宛转，那百尺长条随风飘摇，摇曳生姿。只是不要在梦中出现在红楼之上，看到的人会柔肠百转。

疏 影

芭 蕉①

湘帘卷处，甚离披②翠影，绕檐遮住。小立吹裙，常伴春慵③，掩映④绣床金缕⑤。芳心一束浑难展，清泪裹、隔年愁聚。更夜深、细听空阶雨滴，梦回无据。　　正是秋来寂寞，偏声声点点，助人离绪。缬被初寒，宿酒全醒，搅碎乱蛩双杵。西风落尽庭梧叶，还剩得、绿阴如许。想玉人、和露折来，曾写断肠句。

〔注释〕

①芭蕉：多年生树状的草本植物，叶子很大，果实像香蕉，可食。②离披：分散下垂貌，纷纷下落貌。③春慵：春天的懒散情绪。④掩映：彼此遮掩，互相衬托。⑤金缕：指金丝制成的穗状物。

〔词解〕

这首词借咏芭蕉寓托怀人之意：卷起竹帘，看到那摇动的芭蕉绿影婆娑，遮住了屋檐。伊人春日慵懒，晚起后小立风中，轻风吹起她的罗裙，绣床金缕掩映。芭蕉芳心裹泪，如人心之愁聚。深夜侧耳倾听空阶夜雨，愁绪使人难以成眠。本来正是秋来寂寞之时，偏又雨打芭蕉，声声助怨。锦被难以御寒，宿醉已经全醒，耳边传来虫鸣杵捣之声，离愁于是更甚。秋风袭来，梧叶落尽，而芭蕉绿荫依旧。和着露水被伊人折下，借叶题诗，以寄相思离恨。

潇湘雨

送西溟①归慈溪②

（按此调谱律不载，疑亦自度曲）

长安一夜雨，便添了、几分秋色。奈此际萧条③，无端④又听、渭城⑤风笛⑥。咫尺层城留不住，久相忘、到此偏相忆。依依白露丹枫，渐行渐远，天涯南北。　　凄寂。黔娄当日事，总名士、如何消得？只皂帽蹇驴，西风残照，倦游踪迹。廿载江南犹落拓，叹一人、知己终难觅。君须爱酒能诗，鉴湖无恙，一蓑一笠。

納蘭詞

〔注释〕

①西溪：姜宸英，号湛园，又号苇间，浙江慈溪人。②慈溪：隶属浙江，因治南有溪，东汉董黯"母慈子孝"传说而得名。③萧条：寂寥冷落，草木凋零。④无端：没来由，没道理。⑤渭城：地名，本秦都咸阳，汉高祖元年（公元前206）改名新城，后废。⑥风笛：管乐器，笛子的一种。

〔词解〕

这首词为赠别之作，劝慰与不平并行：京城下了一夜的秋雨，更增添了几分秋色。面对这秋色萧条，正无奈之际，又没来由地传来了声声的别离之曲，这就更增添了离愁别恨。近在咫尺的高城却无法将你留住，昔日你我共处时的优游自得之乐，此后便成了令人思念的往事。你将渐行渐远，从此你我天各一方。心中有无限凄凉孤寂。忽然想起当年黔娄的故事，即使是名士风流，又如何承受得了呢？从此两袖清风，浪迹天涯。虽然你二十年来在江南负有盛名，但至今仍以疏狂而落落寡合，难逢知己。别后想必会更加且醉且歌，洒脱不羁，独钓于江湖之上。

风流子

秋郊涉猎

平原草枯矣，重阳后，黄叶树骚骚①。记玉勒②青丝③，落花时节，曾逢拾翠④，忽听吹箫。今来是、烧痕残碧尽，霜影乱红凋。

秋水映空，寒烟如织，皂雕⑤飞处，天惨云高。　　人生须行乐，君知否，容易两鬓萧萧⑥。自与东君作别，划地⑦无聊。算功名何许，此身博得，短衣射虎，沽酒西郊。便向夕阳影里，倚马挥毫。

〔注释〕

①骚骚：形容大风的声音。②玉勒：玉饰的马衔。③青丝：青色的丝绳，指马缰绳。④拾翠：拾取翠鸟羽毛当作首饰，后多指妇女游春。⑤皂雕：一种黑色大型猛禽。⑥萧萧：花白稀疏的样子。⑦划地：照样，依旧。

〔词解〕

这首词是词人经邦济世的抱负难以实现的慨叹：重阳节过后，平原上的草都枯萎了，黄叶在疾风中凋落。记得春日骑马来此踏青时，多么的意气风发。如今故地重游已是萧瑟肃杀，空旷凋零。秋水映破长空，寒烟弥漫，苍穹飞雕，一片苍茫。人生在世，年华易逝，须及时行乐。春天过后，依旧心绪无聊。想想功名利禄算得了什么，不若沽酒射猎，英姿勃发，在夕阳下挥毫泼墨那是何等畅快！

沁园春

试望阴山①，黯然销魂，无言徘徊。见青峰几簇，去天才尺；黄沙一片，匝地②无埃。碎叶城③荒，拂云堆远，雕外寒烟惨不开。踟蹰久，忽砯崖转石，万壑惊雷。　　穷边自

納蘭詞

足秋怀。又何必、平生多恨哉？只凄凉绝塞，蛾眉遗冢；销沉腐草，骏骨空台。北转河流，南横斗柄，略点微霜鬓早衰。君不信，向西风回首，百事堪哀。

〔注释〕

①阴山：内蒙古自治区中部山脉。东西走向，包括狼山、乌拉山、色尔腾山、大青山等。②匝地：满地，遍地。③碎叶城：高宗调露元年（679）置，属条支都督府，在今吉尔吉斯斯坦首都比什凯克以东的托克马克市附近，它与龟兹、疏勒、于田并称为唐代"安西四镇"。

〔词解〕

这首词是康熙二十一年（1682）出使觇唆所作，抒发凄凉伤感之情：遥望苍凉的阴山，不禁令人黯然销魂，徘徊不前。只见那高高的山峰高耸入云，接近天际，眼前黄沙遍地，却不起一丝尘埃。那唐代的碎叶古城早已荒凉，拂云堆也遥远得看不见。唯见飞翔云外的雕鹰和那寒烟茫茫、愁惨不散的荒漠景象。正徘徊不前之际，忽听得山崖轰鸣，仿佛是巨石滚动，又像是万丈深壑里发出的惊雷隆隆。人生不必有多少遗恨才能伤感，这荒凉边塞看了已经让人愁苦满怀了！想到王昭君凄凉出塞，如今人已死去，但遗冢犹存；而那掩埋在荒漠野草中的，是当年燕昭王求贤所筑的高台。河水依然向北流去，北斗星柄仍是横斜向南。愁苦之人已经未老先衰。你若不相信，只需要在秋风中回首往事，必定愁苦满怀！

二一〇

又

丁巳重阳前三日[1]，梦亡妇淡妆素服，执手哽咽，语多不复能记。但临别有云："衔恨愿为天上月，年年犹得向郎圆。"妇素未工诗，不知何以得此也，觉后感赋。

瞬息浮生，薄命如斯，低徊[2]怎忘。记绣榻闲时，并吹红雨[3]；雕阑曲处，同倚斜阳。梦好难留，诗残莫读，赢得更深[4]哭一场。遗容在，只灵飙[5]一转，未许端详。　　重寻碧落[6]茫茫。料短发朝来定有霜。便人间天上，尘缘未断；春花秋叶，触绪还伤。欲结绸缪，翻惊摇落，减尽荀衣昨日香。真无奈，倩声声邻笛，谱出回肠。

〔注释〕

①丁巳重阳前三日：指康熙十六年（1677）农历九月初六，即重阳节前三日。②低徊：萦绕回荡。③红雨：指落花。④更深：更深夜尽，深夜。⑤灵飙：灵风、神风。此处指梦中爱妻飘飞的身影。⑥碧落：天空。

〔词解〕

这首词以记梦来写悼亡：人生苦短，瞬息即逝，亡妻早逝命薄，萦绕往复怎能忘怀。经过命运的那番无情摧折，怎不叫人潸然泪下。你我几年夫妻，梦到你又有何妨？只可惜好梦不长，你仿佛被催促般匆匆离去，只剩我独自在这深夜痛哭流涕。你的遗容尚在，只是飘忽不定，走得太过匆忙，我还尚未来得及仔细端详。音容俱逝，天地茫茫，无处可寻，不胜凄怆，料想我清晨醒来后，必定已经愁白了两鬓。但我相信你我虽天上人间，但尘缘并不会就此割断，那春花秋叶都是触动感伤的琴弦。想要与你永结同心，只可惜人生无常，本是鸳鸯却只能两处漂泊。耳畔传来屋檐滴水的廖落声响，将我的思绪带入凄苦的忧愁之境，此情此景如何不叫人无奈感伤！

又

代悼亡

梦冷蘅芜①，却望姗姗②，是耶非耶？怅兰膏③渍粉④，尚留犀合；金泥⑤蹙绣⑥，空掩蝉纱⑦。影弱难持，缘深暂隔，只当离愁滞海涯。归来也，趁星前月底，魂在梨花。　　鸾胶纵续琵琶。问可及当年萼绿华？但无端摧折，恶经风浪；不如零落，判委尘沙。最忆相看，娇讹道字，手剪银灯自泼茶。今已矣，便帐中重见，那似伊家。

〔注释〕

①蘅芜：香草名。②姗姗：形容走路从容，不紧不慢的样子。③兰膏：一种润发的香膏。④渍粉：残存的香粉。⑤金泥：用以装饰物品的金屑。⑥蹙绣：蹙金，一种刺绣方法，用金线绣花而皱缩其线纹使其紧密而匀贴，亦指刺绣工艺品。⑦蝉纱：像蝉翼一样薄的纱。

〔词解〕

　　这首词为悼亡爱妻之作：蘅芜袅袅，似梦非梦，看到你步履轻缓，从容不迫地姗姗走来，这景象是真是幻？眼前你润发用的香油，粉盒中残存的香粉，依旧在妆奁中静静地躺着；装饰用的金屑和没有绣完的绣品还放在那里。面对着这些你曾用过的东西，睹物思人，怎能不怅然心伤。真希望我们不是天人永隔，滞留天涯。你忽然回到我身边，趁着这明月星空，在曾经相约的梨花树下与我相见。纵然是续娶了后妻，但又怎么能与你相比呢？如今让我无端经受这样的打击，如尘沙般孤独零落。最令人伤神追忆的是你读错了字的娇柔之声，和那剪去灯蕊，赌气泼茶的柔媚之态。如今一切美好都已结束，即使再次相见，也不是当时的样子了。

金缕曲

赠梁汾①

　　德②也狂生耳。偶然间、淄尘③京国④，乌衣门第⑤。有酒惟浇赵州土⑥，谁会成生⑦此意。不信道、遂成知己。青眼高歌俱未老，向樽前、拭(shì)尽英雄泪。君不见，月如水。　　共君此夜须沉醉。且由他、蛾眉谣诼(zhuó)，古今同忌。身世悠悠何足问，冷笑置之而已。寻思起、从头翻悔。一日心期千劫在，后身缘、恐结他生里。然诺重，君须记。

納蘭詞

〔注释〕

①梁汾：即顾贞观，清代文学家。②德：作者自指。③缁尘：黑色灰尘，常喻世俗污垢。④京国：京城，国都。⑤乌衣门第：指世家望族。⑥赵州土：平原君好养士，死后虽未葬赵州，但他是赵国公子，又是赵相，故称他的墓为"赵州土"。⑦成生：纳兰性德自指，纳兰原名成德，故云。

〔词解〕

这首词是词人与顾贞观相识不久的题赠之作，表达了诚挚的友情：我天生痴狂，生长在豪门望族之家，又在京城里供职，这一切实属偶然。我仰慕平原君的人品，并有平原君那样礼贤下士、喜好交友的品格，但如此的性格又有谁能理解。你我结为莫逆之交，彼此青眼相对，互相器重，而今正当大有可为之年，不须伤悲，应拭去悲慨之泪，振作精神。看那月色如水，照彻晴空。今夜就让你我一醉方休。姑且由那些小人去造谣中伤，要知道这种卑鄙的事自古以来就是这样。身世地位有什么可在意的，只需冷笑置之罢了！你我一日心期相许，成为知己，即使横遭千劫，情谊也会长存的，但愿来生你我还有交契的因缘。重信守诺，千万不要忘记今天誓言！

又

再赠梁汾，用秋水轩①旧韵

酒涴②青衫③卷，尽从前、风流京兆④，闲情未遣。江左⑤知名今廿载，枯树⑥泪痕休泫⑦。摇落尽、玉蛾金茧。多少殷勤红叶句，御沟深、不似天河浅。空省识，画图展。 高才自古难通显。枉教他、堵墙落笔，凌云书扁。入洛游梁重到处，骇^{hài}看村庄吠犬。独憔悴、斯人不免。衮衮门前题凤客，竟居然、润色朝家典。凭触忌，舌难剪。

〔注释〕

①秋水轩：明末清初孙承泽之别墅，位于都城西南隅。②涴：污染。③青衫：青色的衣衫，古代指书生。④京兆：指京师所在地区，这里指北京。⑤江左：古时在地理上以东为左，江左也叫"江东"，指长江下游南岸地区，也指东晋、宋、齐、梁、陈各朝统治的全部地区。⑥枯树：凋枯之树，这里指南朝梁庾信之《枯树赋》。⑦沄：流泪。

〔词解〕

这首词是词人用秋水轩旧韵表现自己的心志之作：一杯浊酒，泪湿青衫，从前在京兆的秋水轩唱和的风雅之事，闲情尚未排遣。你的名声在江南已经有二十多年了，却仍像庾信那样伤感流泪。你的才华如同白雪盈满天空，烟火灿烂散落。只是在朝为官比登天还难，朝廷对于人才并不是真的重用，所以才华难以施展。枉费了你堵墙凌云的旷世才华。仕途坎坷，志向难酬，于是难免斯人憔悴。才华卓越，横空出世的风流人物居然只能为朝廷粉饰太平，怎不叫人愤懑。纵然对朝廷有犯忌之论，以至招灾惹祸，但仍不改刚正不阿的本性。

又

生怕芳樽^①满。到更深、迷离醉影，残灯相伴。依旧回廊新月在，不定竹声撩乱。问愁与、春宵长短。人比疏花还寂寞，任红蕤②、落尽应难管。向梦里，闻低唤。　　此情拟倩东风浣。奈吹来、余香病酒，旋添一半。惜别江郎③浑易瘦，更著轻寒轻暖。忆絮语④、纵横茗碗。滴滴西窗红蜡泪，那时肠、早为而今断。任枕角⑤，欹⑥孤馆⑦。

〔注释〕

①芳樽：精致的酒器，亦借指美酒。②红蕤：花萼。③江郎：指南朝梁著名文学家江淹。④絮语：连续不断地说话。⑤枕角：角制的或用角装饰的枕头。⑥欹：斜靠着。⑦孤馆：孤寂的客舍。

〔词解〕

这首词为怀友之作：入夜起相思，酒不但不能排解愁情，而且只有孤灯相伴，惆怅反而更胜。当时相聚的景象依然，但人却已经分离。愁情绵绵不绝，比这春宵还要更长。红花落尽，花枝萧疏，这花仿佛也是孤独寂寞，但是此时的人又比这疏花还要寂寞。唯有梦里才可与你相见。请东风消愁不但消不得，反倒是添愁添恨了。本已为离别而瘦损，如今又偏逢这乍暖还寒的时节，于是就更令人生愁添恨了。当年我们一边品茶，一边低声说话，议论纵横。分别时西窗蜡滴红泪，这记忆如今想起，更使人伤心肠断。独自寄寓在孤独寂寞的会馆中，更感四周冷静凄清。

又

简①梁汾

洒尽无端泪。莫因他、琼楼②寂寞，误来人世。信道痴皓儿多厚福，谁遣偏生明慧③。莫更着、浮名相累。仕宦④何妨如断梗⑤，只那将、声影供群吠⑥。天欲问，且休矣。　　情深我自判憔悴。转丁宁⑦、香怜易爇⑧，玉怜轻碎。羡杀软红尘里客，一味醉生梦死。歌与哭、任猜何意。绝塞生还吴季子，算眼前、此外皆闲事。知我者，梁汾耳。

〔注释〕

①简：简札、书信。②琼楼：形容华美的建筑物，又指仙宫中的楼台。③明慧：聪明，聪慧。④仕宦：指做官。⑤断梗：折断的桃梗，比喻漂泊不定。⑥声影供群吠：没有根据的谣传。⑦丁宁：叮咛，反复地嘱咐。⑧爇：烧，点燃。

〔词解〕

这首词是写给好友顾贞观的，抒发自己的担忧和对现实的不满：仕宦不利，命多乖舛，未得朝廷重用，错来人世一遭。终于相信了痴儿多厚福的说法，可老天为何还要生出那么聪明的人来呢。不要再为世上的浮名所累。仕途为官如同断梗，漂泊无定，本算不得什么，只有那些诬陷和中伤如同群犬吠声，又无法辩诬之事，才是令人悲哀的。还是不要问那么多了！我这里对你深情思念，以至形

納蘭詞

共诉衷肠

　　纳兰是一个至真至情之人，对待知己肝胆相照，他与顾贞观相知，进而结识顾贞观之友吴兆骞，并竭尽全力相帮。他深知良臣遭妒，美玉易碎，生于这浊世注定被人嫌忌，只能向好友倾诉衷肠了。

容憔悴，但也心甘情愿。且听我说，香草易于点燃，美玉易于破碎，忠良之士易受侵害。多么羡慕那些醉生梦死的凡夫俗子，他们哪有那么多的烦恼。眼前最重要的事是吴汉槎自边塞宁古塔归来，其他的都是等闲小事，我自倾尽全力！能明白我的人，也只有你顾贞观了。

又

慰西溟①

何事添凄咽②？但由他、天公簸弄③，莫教磨涅④。失意每多如意少，终古几人称屈。须知道、福因才折。独卧藜床⑤看北斗⑥，背高城、玉笛吹成血。听谯鼓⑦，二更彻。　　丈夫未肯因人热，且乘闲⑧、五湖料理，扁舟一叶。泪似秋霖挥不尽，洒向野田黄蝶。须不羡、承明班列。马迹车尘忙未了，任西风、吹冷长安月。又萧寺，花如雪。

〔注释〕

①西溟：即姜宸英，又字湛园，浙江慈溪人。②凄咽：形容声音悲凉呜咽。③簸弄：在手里摆弄，挑动。④磨涅：磨砺浸染。⑤藜床：用藜茎编织的床。⑥北斗：指北斗七星，北斗星的位置近于天的中心，比喻地位非常尊贵，因常以喻指朝廷。⑦谯鼓：更鼓，古代于城门望楼之上置鼓，称为鼓楼，用以报时或警戒盗贼。⑧乘闲：趁着空闲。

納蘭詞

〔词解〕

　　这首词是词人于康熙十八年安慰姜西溟于落选而作：为了什么哽咽哭泣呢？既然命运不济，试而不第，那就放开胸怀，任老天爷摆弄，总不能因此而折磨自己。人世间的事本来就是失意的比如意的多，自古以来都是这样。要知道是因为自己才气太高，福气才会减损啊。不若远离繁华闹市，归隐山林，独自高眠，卧看北斗七星，吹笛自乐，听更鼓报夜。大丈夫不要因求仕不得而躁急。虽求官不成，但正好学范蠡，泛游五湖，消闲隐居，怡然自得。纵有伤情之泪，亦当洒向知己者。不要羡慕那些位列朝堂的人，那些京城里的衮衮诸公终日为仕途而忙于奔走，不如以达观处之，任那些得意人儿去奔忙吧！自己闲看萧寺中鲜花盛开，如雪般散落！

又

姜西溟言别，赋此赠之

　　谁复留君住？叹人生、几番离合，便成迟暮①。最忆西窗同剪烛，却话家山夜雨。不道只、暂时相聚。滚滚长江萧萧木，送遥天白雁哀鸣去。黄叶下，秋如许。　　曰归因甚添愁绪。料强似、冷烟寒月，栖迟②梵宇③。一事伤心君落魄，两鬓飘萧未遇。有解忆、长安儿女。裘敝入门空太息，信古来、才命真相负。身世恨，共谁语？

〔注释〕

①迟暮：黄昏，比喻晚年，暮年。②栖迟：滞留、淹留。③梵宇：指佛寺。

〔词解〕

这首词为赠别之作：谁还能将你留住呢？感叹人生无常，几经离合，便到了年老之时。还记得我们秉烛夜谈、闲话夜雨的情景。却不知道那只是短暂的相聚，没想到你这么快又要离去。在这深秋的季节独自上路，看滚滚长江，无边落木，大雁哀鸣的苍凉之景。黄叶遍地，秋意正浓，离愁更浓！为什么回家还要如此难过呢？怎么也比这冷烟寒月的佛寺要强得多啊。只是因为已经两鬓斑驳却仕途不济而伤心落魄。家中尚有思念你、盼望你归来的小儿女，而你却因不第而归，空自叹息。自古以来都是天妒英才，贤人大都怀才不遇！这难以平复的身世之恨，又能对谁倾诉呢？

又

寄梁汾

木落吴江①矣。正萧条②、西风南雁③，碧云千里。落魄④江湖还载酒，一种悲凉滋味。重回首、莫弹酸泪。不是天公⑤教弃置⑥，是南华⑦、误却方城尉⑧。飘泊处，谁相慰？　　别来我亦伤孤寄⑨。更那堪、冰霜摧折，壮怀都废。天远难穷劳望眼，欲上高楼还已。君莫恨、埋愁无地。秋雨秋花关塞冷，且殷勤、好作加餐计。人岂得，长无谓。

納蘭詞

〔注释〕

①吴江：吴淞江的别称，属江苏省。梁汾要归于江南居苏州等地，故云木落吴江。②萧条：寂寥冷落，草木凋零。③南雁：南飞的大雁。④落魄：穷困失意，为生活所迫而到处流浪。⑤天公：此处指朝廷。⑥弃置：扔在一边，废弃。⑦南华：《南华经》之省称，即《庄子》。⑧方城尉：指温庭筠，温庭筠曾为方城（今河南方城）尉，世称温方城。⑨孤寄：独身寄居他乡。

〔词解〕

这首词以词代简表达对好友的思念，倾诉心中的不平：你那里也应该是落叶时节了吧？正是寂寞萧瑟，北雁南飞，千里碧云的深秋景色。你如今南归与当日杜牧失意扬州的悲凉景况相仿。回首往事，不要流下辛酸之泪。并非老天要将你弃置不管，是因你满腹的才华太盛而耽误了自己。如今漂泊江湖，谁能给你带来安慰呢？自从离别之后，我也孤独寂寞，寄游他乡，更加上寒冷孤寂，壮志难酬。于是对你的思念更甚，望眼欲穿，无奈天高地远无法如愿。你不要愤恨难过，如果无处宣泄，那就对我倾诉吧。我在塞外，此处天寒地冻，你也要记得照顾好自己。人生固然失意很多，但哪能永远都无所作为呢？

又

亡妇忌日有感①

此恨何时已。滴空阶、寒更②雨歇，葬花天气③。三载悠悠魂梦④杳，是梦久应醒矣。

料也觉、人间无味。不及夜台⑤尘土隔，冷清清、一片埋愁地。钗钿约⑥，竟抛弃。重泉⑦若有双鱼寄。好知他、年来苦乐，与谁相倚。我自终宵成转侧，忍听湘弦重理。待结个、他生知己。还怕两人俱薄命，再缘悭、剩月零风里。清泪尽，纸灰起。

〔注释〕

①亡妇忌日有感：这首词作于康熙十九年（1680）农历五月三十日，为卢氏故去三周年忌日。②寒更：寒夜的更点，借指寒夜。③葬花天气：农历五月下旬，正是落花时节。④魂梦：梦魂。⑤夜台：坟墓，亦借指阴间。⑥钗钿约："金钗"、"钿合"。指夫妻的盟誓。⑦重泉：犹黄泉、九泉，旧指死者所归。

〔词解〕

这首词为悼念亡妻之作：这满腔愁绪什么时候才能停止呢？空阶滴雨，寒夜无眠，又到了落花的季节，你的忌日也来到了。三年的魂牵梦绕，挥不去你的记忆，如果是梦的话，那早就应该醒了。想来这人间也没什么意思，不如那坟墓冷冷清清能将闲愁都埋葬。你长眠地下，原来的海誓山盟，如今全都抛弃了！那黄泉如果能通书信，也好知道这些年来的苦乐哀思与谁一起相伴度过。我深夜不寐，辗转反侧，不忍再弹那哀怨凄婉的琴弦。想要和你在来生相聚，又怕我们两个人的命薄，美好的光景、美好的情缘不能长久。如今泪已流尽，但愿这纸灰飞舞捎去我对你的思念。

又

未得长无谓。竟须将、银河亲挽，普天[①]一洗。麟阁[②]才教留粉本[③]，大笑拂衣归矣。如斯者、古今能几？有限好春无限恨，没来由、短尽英雄气。暂觅个，柔乡[④]避。　　东君[⑤]轻薄知何意。尽年年、愁红惨绿，添人憔悴。两鬓飘萧容易白，错把韶华虚费。便决计、疏狂休悔。但有玉人常照眼，向名花、美酒拼沉醉。天下事，公等在。

〔注释〕

①普天：整个天空，遍天下。②麟阁：麒麟阁，汉代名阁，在未央宫中。③粉本：画稿，古人作画先施粉上样，然后依样落笔，故称画稿为粉本。④柔乡：温柔乡，谓女色迷人之境。⑤东君：传说中的太阳神或司春之神。

〔词解〕

这首词表达仕途失意，词风沉雄郁勃：追求的理想总是不能实现，这世事不公，确实需要挽来天河，将天空洗净，令世道清明。朝廷要重用之时，却大笑辞受，拂衣而去了。像这样的壮举，古来能有几人？美好的春光总是有限，然而遗恨却是无限的。不由得让英雄气短。于是找个温柔乡不问世事。春天总是无情无义，年年都要弄得落红满地，让人平添愁绪。人生本来苦短，却又把大好的时光都浪费了。于是下定决心，不为自己的疏狂而后悔。有佳人常伴，有美酒常醉。至于天下的事，就由你们去处理吧！

摸鱼儿

午日①雨眺

涨痕②添、半篙柔绿③，蒲④梢荇⑤叶无数。台榭⑥空蒙⑦烟柳暗，白鸟⑧衔鱼欲舞。红桥路。正一派、画船箫鼓中流住。呕哑柔橹，又早拂新荷，沿堤忽转，冲破翠钱雨。　　蒹葭渚，不减潇湘深处。霏霏漠漠如雾。滴成一片鲛人泪，也似汨罗投赋。愁难谱。只彩线、香菰脉脉成千古。伤心莫语，记那日旗亭，水嬉散尽，中酒阻风去。

〔注释〕

①午日：五月初五，即端阳节。②涨痕：涨水后留下的痕迹。③柔绿：嫩绿，也指嫩绿的叶子或水色。④蒲：蒲柳，即水杨。⑤荇：多年生草本植物，叶略呈圆形，浮在水面，根生水底，夏天开黄花，全草可入药。⑥台榭：台和榭，泛指楼台等建筑物。⑦空蒙：细雨迷茫的样子。⑧白鸟：指白羽的鸟，鹤、鹭之类。

〔词解〕

这首词写端午节雨中凭眺生情：端午时节，春水涨池，水草丰茂碧绿。烟雨空蒙，楼台掩映，白鸟衔鱼起舞。桥外水路上，一派画船歌舞、桨声"呕哑"的春景图。荷叶新绿，船桨在岸边忽然转过，划破了这一池的碧绿。湖面的小岛，风情不比湘江美景逊色。细雨霏霏，如烟似雾，化为鲛人的眼泪，滴成珍珠，又仿佛是将诗赋投

纳
兰
词

入汨罗江中所溅起的。而此际闲愁难以述说，只有凭借用彩线缠裹粽子投入江中，以示这千古的脉脉哀思了。记得当初我们在这端午之日的酒楼上，泼水嬉戏，酒醉兴尽而去的情景，回想起此，不由伤心满怀，只有低头不语了。

又
送座主德清蔡先生①

问人生、头白京国②，算来何事消得。不如罨画③清溪上，蓑笠扁舟一只。人不识。且笑煮鲈鱼④，趁着莼丝碧。无端酸鼻⑤。向歧路销魂，征轮⑥驿骑⑦，断雁西风急。　　英雄辈，事业东西南北。临风因甚成泣？酬知有愿频挥手，零雨凄其此日。休太息。须信道、诸公衮衮皆虚掷。年来踪迹。有多少雄心，几番恶梦，泪点霜华织。

〔注释〕

①蔡先生：蔡启僔，字昆旸，号石公，德清人，授修撰，历官左春坊左庶子，有《存园草》。②京国：京城，国都。③罨画：色彩鲜明的绘画。④鲈鱼：用南朝张季鹰的典故。后以此为思乡赋归之典。⑤酸鼻：因悲伤而鼻子发酸，眼泪欲流。⑥征轮：远行人乘的车。⑦驿骑：骑驿马传递公文的人，亦指驿马。

〔词解〕

这首词为送别之作，慰藉的同时抒发不平：人生在世，到底有何事值得在京城里熬白了头？不如归隐江湖，知足保和，闲适自乐。事出无端，令人悲痛欲泣，在这临分别的时刻，又偏是西风凄紧，孤雁南飞。英雄之辈，无论身处天南地北都能成就事业。当此临歧分别之日，正细雨蒙蒙，唯有频频挥手以酬知己。千万不要唉声叹气，要知道那些衮衮诸公看起来虽然很得意，但其所得不过是身外浮名，虚掷岁月。世间有多少英雄人物都是经历了几番风雨，几经磨砺，尝尽辛酸的！

青衫湿

斜倚熏笼①，隔帘寒彻，彻夜寒于水。离魂②何处，一片月明千里。两地凄凉，多少恨，分付药炉烟细。近来情绪③，非关病酒，如何拥鼻④长如醉。转寻思、不如睡也，看道夜深怎睡。　　几年消息浮沉，把朱颜⑤顿成憔悴。纸窗风裂，寒到个人衾被。篆字香消灯炧冷，忽听塞鸿嘹唳。加餐千万，寄声珍重，而今始会当时意。早催人、一更更漏，残雪月华满地。

〔注释〕

①熏笼：一种覆盖于火炉上供熏香、烘物和取暖用的器物。②离魂：指远游他乡的旅人或游子的思绪。③情绪：心情，心境。④拥鼻：掩鼻吟的简称。⑤朱颜：红润美好的容颜。

〔词解〕

这首词为塞上思亲、念友之作：斜倚在熏笼边上，寒气透过帘子袭进来，彻夜如冰水般寒冷。远游他乡的人身在何处，只在明月千里之外。天各一方，两地相思，都交付给了这药炉细烟。近来极坏的情绪不是由于饮酒太多，又怎能暗自吟咏，仿佛酒后沉醉呢！辗转寻思还不如早早睡去，否则到了深夜更无法入睡。几年来你的消息断断续续，沉浮不定，把相思的人儿都折磨得形影消瘦了。窗外风雨声淅沥，屋内人单衾薄寒冷。篆字形的香都燃尽了，灯烛的余烬也变得凄冷了。千万要记得照顾好自己，寄去一声珍重，如今才能体会到你当时的心意。更漏一遍遍催人入睡，窗外此时已是月光遍地了。

湘灵鼓瑟

（按此调谱律不载，疑亦自度曲①。一本作剪梧桐）

新睡觉，听漏尽、乌啼欲晓。任百种思量，都来拥枕，薄衾颠倒。土木形骸②，分甘抛掷，只平白、占伊怀抱。听萧萧③、一剪梧桐④，此日秋声⑤重到。　　若不是忧能伤人，怎青镜⑥、朱颜易老。忆少日清狂⑦，花间马上，软风斜照。端的而今，误因疏起，却懊恼、殢人年少。料应他、此际闲眠，一样积愁难扫。

〔注释〕

①自度曲：谓在旧有曲调外，自行谱制新曲，或指在旧词调之外自己新创作的词调。②土木形骸：形体像土木一样自然，比喻人不加修饰的本来面目。③萧萧：形容风声。④一剪梧桐：谓梧桐叶被秋风吹落。⑤秋声：秋日的风光景色。⑥青镜：青铜镜。⑦清狂：放荡不羁。

〔词解〕

这首词以赋法铺叙，表达幽婉深意：刚刚睡醒，听到漏声断绝，乌鸦啼鸣，天快要亮了。病身难起，不胜愁苦，默默无语，泪痕未消。任各种愁绪都来侵袭，只在这衾枕间颠倒辗转，挥之不去。不忸怩造作，而自甘憔悴，只是为了得到你的温暖宠爱。看那秋风将梧桐吹落，便知道秋天已经到了。如果不是忧愁能够伤人，那么镜子里面的容颜怎么会日渐衰老？记得当初年少轻狂，花间马上，意气风发。如今憔悴，疏懒落寞，却怪被愁闷困扰耽误了大好年华，料想他此刻也一样闲来寂寞，愁绪难平吧！

大 酺

寄梁汾

只一炉烟，一窗月，断送朱颜如许。韶光犹在眼，怪无端吹上，几分尘土。手捻残枝，沉吟往事，浑似前生无据①。鳞鸿②凭谁寄，想天涯只影，凄风苦雨。便砑损③吴绫④，啼沾蜀纸⑤，有谁同赋。 当时不是错，好花月、合受天公妒。准拟倩、春归燕子，说与从头，争教他、会人言语。万一离魂遇，偏梦被、冷香萦住。刚听得、城头鼓。相思何益？待把来生祝取，慧业相同一处。

〔注释〕

①无据：没有依据或证据，无所依凭。②鳞鸿：鱼雁，代指书信。③研损：指反复书写，致使吴绫也被碾压得光亮。研，碾压。④吴绫：古代吴地所产的一种有纹彩的丝织品，以轻且薄著称。⑤蜀纸：犹蜀笺。

〔词解〕

这首词是梁汾母丧南归后，词人对其的思念之作：每日孤独地面对炉中香烟、窗前明月度过无聊的时光，送走了美好的年华。美好的春光还在眼前，却无端被蒙上了几分尘埃。手捻着凋落的花枝，思怀往日交游之事，禁受这仿佛是前生注定的别离之苦。音书杳渺，想你在天涯之外形单影只，独自承受这凄风冷雨。就算是把绫纸写遍，泪洒相思，但又能与谁人共赋呢！在花好月圆的时候，你我共度，连老天爷也生出了妒忌。会人言语的燕子归来，这便更惹人生起对往日的怀念。梦中与你相遇，这美梦却偏偏又如此冷清寂寞。耳畔传来城头更鼓的声音，梦醒之后再难成眠。相思之情日益增加，于是祈祷来生还能够与你相逢相知，共在一处。

纳兰词卷五

忆王孙

暗怜双缫①郁金香，欲梦天涯思转长。几夜东风昨夜霜，减容光②，莫为繁花又断肠。

〔注释〕

①缫：拴、缚，此处谓两花相并。②容光：脸上的光彩。

〔词解〕

那成双成对的郁金香不由得让人生起怀人之思，梦断天涯，相思百转。但几夜的风霜，又将那美丽的容光消减了，因此不要再为了繁花凋残而徒增烦恼了。

又

刺桐①花下是儿家②。已拆秋千未采茶。睡起重寻好梦赊③。忆交加，倚着闲窗数落花。

〔注释〕

①刺桐：树名，亦称海桐、木芙蓉。因枝干间有圆锥形棘刺，故名。②儿家：古代年轻女子对其家的自称，犹言我家。③赊：渺茫、稀少。

〔词解〕

那刺桐花下就是我家。现在庭院里的秋千已经拆了，但是还没有开始采茶。梦中你我相互偎依，亲密无间，睡醒之后回想梦里情景，只觉好梦渺茫。春梦易醒，只好对

納蘭詞

春日怀人

　　春风习习,空中溢满花香,蝶舞蜂绕,女子心中萌萌欲动,无奈相思虽重,却只能在梦中相见。梦醒后,百无聊赖,只有独坐窗前,闲数落花。

着窗子无聊地数着落花。

调笑令

明月，明月。曾照个人离别。玉壶红泪相偎，还似当年夜来。来夜，来夜，肯把清辉①重借？

〔注释〕

①清辉：清澈明亮的光辉，多指日月之光，这里指月光。

〔词解〕

明月啊明月，你曾经照着那人的离别。如今美人流着眼泪与我相依相偎，就像当初的夜晚一样。夜啊夜，能不能将当初皎洁的月光再重新借给我，让我回到从前呢？

忆江南

江南好，建业①旧长安。紫盖②忽临双鹢③渡，翠华④争拥六龙看。雄丽却高寒。

〔注释〕

①建业：古县名。东汉建安十七年（212）孙权改秣陵县设置，治所在今南京市，南京曾为东吴、东晋、宋、齐、梁、陈、南唐、明等八代王朝的都城，故称"旧长安"。②紫盖：紫色车盖，帝王仪仗之一，借指帝王车驾。③双鹢：船头绘有鹢鸟图像的船，此处指皇帝的游船。④翠华：天子仪仗中以翠羽为饰的旗帜或车盖，为御车或帝王的代称。

〔词解〕

这首词咏建业的雄丽：江南美好，建业的繁华如同是旧长安一样。忽然迎来了皇帝的驾临，百姓欢呼围观，场面甚是壮观，景色雄丽中透着高处不胜寒的落寞。

又

江南好，城阙^①尚嵯峨^②。故物^③陵前惟石马^④，遗踪^⑤陌上有铜驼。玉树夜深歌。

〔注释〕

①城阙：指京城的城郭宫阙。②嵯峨：形容山势高峻。③故物：旧物，前人遗物。④石马：石雕的马，古时多列于帝王及贵官墓前，这里指前代帝王陵墓前的石刻。⑤遗踪：旧址，陈迹。

〔词解〕

这首词吟咏南京城的宫阙、皇陵和街市：江南多么美好，那城郭宫阙依然高耸。那孝陵前的石马，宫门两旁的铜驼，深夜的轻歌曼舞，这些前代的遗踪还依稀可见，当日繁华的盛景仍仿佛集于眼前。

又

江南好，怀古意谁传。燕子矶^①头红蓼^②月，乌衣巷^③口绿杨烟。风景忆当年。

〔注释〕

①燕子矶：地名，在江苏南京东北郊观音门外，突出的岩石屹立长江边，三面悬绝，宛如飞燕，故名。②红

蓼：蓼的一种，多生水边，花呈淡红色。③乌衣巷：在今江苏南京，是东晋士族名门的聚居区。晋宋时期王导、谢安等名门望族住于此。

〔词解〕

这首词借历史遗迹发吊古之情：江南多么美好，这怀古之意谁能来传达呢？那燕子矶边升起的明月，乌衣巷口如烟的杨柳，风景如同千百年前一样啊！

又

江南好，虎阜①晚秋天。山水总归诗格②秀，笙箫③恰称语音圆。谁在木兰船？

〔注释〕

①虎阜：虎丘，山名。②诗格：诗的风格，此处指山水极富诗情画意。③笙箫：笙和箫，泛指管乐器。

〔词解〕

这首词描绘的是苏州虎丘的美景：江南多么美好，正是虎丘美丽的晚秋时节。山水如画，诗情画意，笙箫之音与柔美圆润的吴语相融合，煞是动听。远处又划来一叶兰舟，坐在上面的人会是谁呢？

又

江南好，真个①到梁溪②。一幅云林③高士④画，数行泉石⑤故人题。还似梦游非？

〔注释〕

①真个：的确，真的。②梁溪：水名，在江苏无锡市

納蘭詞

西。古时水道极窄，梁时疏浚，故名。③云林：元代画家倪瓒的别号。④高士：品行高尚的人，超脱世俗的人，多指隐士。⑤泉石：指山水。

〔词解〕

这首词赞美无锡梁溪的风景如画：江南多么美好，如今真的来到了梁溪。曾经看到过严绳孙的一幅描绘梁溪的画，画中又有故人的题字，使人仿佛真的到了梁溪。如今眼前这美景到底是真是幻呢？

又

江南好，水是二泉①清。味永出山那得浊（zhuó），名高②有锡更谁争，何必让中泠③（líng）。

〔注释〕

①二泉：指无锡惠山泉，又名"陆子泉"，因其有天下第二泉之称，故名。②名高：崇高的声誉，指名声显赫。③中泠：泉名，即中泠泉。

〔词解〕

这首词赞美无锡惠山泉水清味永：江南多么美好，二泉的水最为清澈。泉流出于深山，隽永清甜，名满天下，其美名在无锡早就为人所知，他物不能与之相比，何必非要屈居于中泠泉之下呢？

又

江南好，佳丽①数维扬②。自是琼花③偏得月，那应金粉④不兼香。谁与话清凉。

二三六

〔注释〕

①佳丽：美丽。②维扬：扬州的别称。③琼花：一种珍贵的花，扬州琼花为绝世之珍，叶柔而莹泽，花色微黄而有香味，有"维扬一枝花，四海无同类"一说。④金粉：黄色的花粉，这里指琼花。

〔词解〕

这首词描绘扬州的琼花之美：江南多么美好啊，好花就数扬州的琼花最美。那美丽的琼花偏又得到明月的眷顾，美丽的花蕊自然饱含宜人清香，谁来诉说这清凉芳香呢？

又

江南好，铁瓮①古南徐②。立马③江山千里目，射蛟④风雨百灵趋。北顾更踌躇。

〔注释〕

①铁瓮：铁瓮城，江苏镇江古城名，三国时孙权所建。②南徐：古州名。东晋置徐州于京口城，南朝宋改称南徐，即今江苏镇江，历齐梁陈至隋开皇年间废。③立马：骑在站立不动的马上，驻马。④射蛟：指汉武帝射获江蛟之事。

〔词解〕

这首词借历史遗迹写镇江美景：江南多么美好，那镇江的铁瓮城闻名遐迩。立马于北顾山上，极目远眺，面对大江而遥想古代帝王勇武的霸业，何等的雄奇伟岸，令人踌躇满志！

又

江南好，一片妙高^①云。砚北峰峦米外史^②，屏间楼阁李将军^③，金碧矗斜曛^④。

〔注释〕

①妙高：指妙高峰，在江苏镇江金山的最高处，顶上有坪如台，名妙高台，一名晒台。②米外史：宋代书画家米芾，别号海岳外史，故称。③李将军：李思训，唐宗室，人称大李将军，善画山水树石，笔力遒劲，后人画着色山水多取其法。④斜曛：落日的余晖。

〔词解〕

这首词赞美了镇江的风光如画：江南多么美好，那妙高峰上浮云缭绕。妙高峰之风景美妙如米芾画中的峰峦，金山上的佛寺斜矗在夕阳之中更显金碧辉煌，如同出自大李将军之手的画卷。

又

江南好，何处异京华^①。香散翠帘^②多在水，绿残红叶胜于花。无事避风沙。

〔注释〕

①京华：国都，京城。②翠帘：绿色的帘幕。

〔词解〕

这首词总写江南的美好：江南是多么美好啊，与京城有什么区别呢？风光秀丽，山明水秀，气候宜人，无须躲避北方那令人生厌的风沙。

又

新来①好，唱得虎头词②。一片冷香惟有梦，十分清瘦更无诗。标格③早梅知。

〔注释〕

①新来：新近，近来。②虎头词：指好友顾贞观客居苏州时所填之词。虎头，晋代画家顾恺之小字虎头，顾贞观与之同姓，这里借指顾贞观。③标格：风范，品格。

〔词解〕

这首词借用顾贞观的词赞美其品格：近来心情很好，闲来吟诵你的词句。那咏梅的词句冷香、清瘦，不正是你的写照吗，大约这些均已经被那有知有灵的梅花领会了。

点绛唇

寄南海梁药亭①

一帽征尘，留君不住从君去。片帆②何处，南浦③沉香④雨。　　回首风流，紫竹村边住。孤鸿⑤语，三生⑥定许，可是梁鸿侣？

〔注释〕

①梁药亭：梁佩兰，字芝五，号药亭，别号柴翁，晚更号郁洲。广东南海人。顺治十四年（1657）乡试第一，后屡试不第，即潜心治学，从事诗歌写作，名噪一时。②片帆：孤舟，一只船。③南浦：南面的水边，后常用称送别之地。④沉香：沉香浦，地名，在广州西郊的江滨。⑤孤鸿：孤独的鸿雁。⑥三生：佛家所说的三世转生，即前生、今

納蘭詞

生和来生。

〔词解〕

这首词为赠别之作：你意欲南归，留也留不住，只好让你走了。你踏上归途，要回到多雨的家乡去。回首往日隐居紫竹村边，那潇洒风流的生活实在令人怀念。那天空中飞过的孤鸿，可是你寻觅了三生的伴侣呢？

浣纱溪

十里湖光载酒游，青帘①低映白蘋洲②。西风听彻采菱讴③。　　沙岸④有时双袖⑤拥，画船何处一竿收。归来无语晚妆楼。

〔注释〕

①青帘：旧时酒店门口挂的幌子，多用青布制成。②白蘋洲：泛指长满白色蘋花的沙洲。③采菱讴：乐府清商曲名，又称《采菱歌》《采菱曲》。④沙岸：用沙石等筑成的堤岸。⑤双袖：此处借指美女。

〔词解〕

这首词用白描的手法写风光：看那十里湖光，无限美景，当边饮酒边游赏。那青色的酒旗在风中招展，与白蘋沙洲相互映衬。秋风送来采菱人的歌声，分外悠扬！画船游于水中，从船上向两岸望去，所见尽是繁华热闹、美女蹁跹的美丽景象。

又

脂粉塘①空遍绿苔，掠泥营垒燕相催。妒

他飞去却飞回。　　一骑近从梅里过，片帆②遥自藕溪来。博山香烬未全灰。

〔注释〕

①脂粉塘：溪名。传说为春秋时西施沐浴处。②片帆：孤舟，一只船。

〔词解〕

这首词写闺中女子的离怨：脂粉塘长满了绿苔，已非昔时的景象，垒巢的燕子掠泥而飞，好像是奔忙相催。于是离愁顿起，嫉妒它们既能飞去又能飞回，而思念的人却不见踪迹。多么希望那思念的人，或从近处梅林里出现，或从藕溪中乘船归来，可是愿望总是成空，只能对着博山炉中似尽非尽的香烬发呆。

又

大觉寺①

燕垒②空梁画壁③寒，诸天④花雨⑤散幽关⑥。篆香⑦清梵⑧有无间。　　蛱蝶乍从帘影度，樱桃半是鸟衔残。此时相对一忘言。

〔注释〕

①大觉寺：传为今北京西北郊群山旸台之上的大觉寺。此寺始建于辽咸雍四年（1068），初名"清水院"，后改"灵泉寺"，为金代"西山八景"之一。明宣德年重修，改名"大觉寺"。②燕垒：燕子的窝。③画壁：绘有图画的墙壁。④诸天：佛教语，指护法众天神。佛经言欲界有六天，色界之四禅有十八天，无色界之四处有四天，

其他尚有日天、月天、韦驮天等诸天神，总称之曰诸天。⑤花雨：佛教语，诸天为赞叹佛说法之功德而散花如雨。⑥幽关：深邃的关隘，紧闭的关门。⑦篆香：犹盘香。⑧清梵：谓僧尼诵经的声音。

〔词解〕

这首词为大觉寺的记游之作：大觉寺已荒凉残破，而在这幽闭的关隘之地，众高僧们竟做出了颂扬佛法的无量功德，淡淡的香烟与清幽的诵经声隐隐约约，似有若无。庭院荒置，蝴蝶骤然从帘影中飞出，树上的樱桃多半被小鸟啄烂，此情此景让人无法用语言来表达自己的感受。

又

抛却无端恨转长，慈云①稽首②返生香。妙莲花说③试推详④。　　但是有情皆满愿⑤，更从何处著思量。篆烟⑥残烛并回肠。

〔注释〕

①慈云：佛教语，比喻慈悲心怀如云泽之广被世界、众生。②稽首：古时的一种跪拜礼，叩头至地，是九拜之中最恭敬的。③妙莲花说：谓佛门妙法。莲花，喻佛门之妙法。④推详：仔细推究。⑤满愿：佛教语。谓实现了发愿要做的事。⑥篆烟：盘香的烟缕。

〔词解〕

这首词描绘通过佛法求得心态平和的过程：想丢去无端的烦恼，幽恨却转而更长了，唯在慈云寺祈祝返回之后才觉香气四射，神清气爽了。试着去推究那让人忘记烦恼的佛法要义，心灵得到了净化。但若所有发愿的事都实现了，那人生还有什么要去思量的呢？还为什么要在夜里辗转反侧，反复思量呢？

又

小兀喇①

桦屋鱼衣②柳作城，蛟龙③鳞动浪花腥，飞扬应逐海东青④。　　犹记当年军垒⑤迹，不知何处梵钟声⑥，莫将兴废话分明。

〔注释〕

①兀喇：亦作乌喇，即今吉林省吉林市。②鱼衣：用鱼皮做衣服。③蛟龙：传说中能使洪水泛滥的一种龙。④海东青：一种凶猛而珍贵的鸟，属雕类。⑤军垒：军营周围的防御工事。⑥梵钟声：佛寺中的钟声，僧人诵经时敲击。

〔词解〕

这首词借由小兀喇的景色和风俗来抒发兴亡之叹：这里的百姓生活朴素，以桦木建构屋宇，鱼皮做衣服，扦插柳木作为城围。滚滚江水如同蛟龙翻腾，连浪花都带着腥味，猎人们追逐着海东青飞驰。还记得当年军垒的遗迹，却不知从哪里传来梵钟之声打破了思绪。还是不要再妄谈兴衰成败了吧，那些又怎么能说得清楚！

又

姜女祠①

海色残阳影断霓②，寒涛日夜女郎祠③。翠钿④尘网上蛛丝。　　澄海楼⑤高空极目，望夫石⑥在且留题。六王如梦祖龙非。

〔注释〕

①姜女祠：又称贞女祠，在山海关以东凤凰山上。②断霓：断虹，称虹为霓。③女郎祠：指姜女祠。④翠钿：用翠玉制成的首饰。⑤澄海楼：楼名。在河北旧临榆县南宁海城上，明兵部主事王致中建。⑥望夫石：辽宁兴城西南望夫山之望夫石，相传为孟姜女望夫所化。

〔词解〕

这首词借游姜女祠抒今昔之感：残阳倒映海中犹如一段彩虹霓，姜女祠日夜对着大海的寒涛，孟姜女神像头上的翠钿都已经落满了尘土、爬满了蛛网，可怜她夜夜孤寂。站在澄海楼上极目远眺，那孟姜女所化的望夫石还屹立在那里，权且留下题诗，战国纷争，群雄逐鹿，秦始皇统一中原，这一切是非如今看来只不过是大梦一场！

菩萨蛮

回文

客中愁损①催寒夕，夕寒催损愁中客。门掩月黄昏，昏黄月掩门。　　翠衾②孤拥醉，醉拥孤衾翠。醒莫更多情，情多更莫醒。

〔注释〕

①愁损：忧伤，愁杀。②翠衾：翠被。

〔词解〕

这首词为回文词，表现寂寞凄清的离愁别恨和幽幽的相思之情。

又

回文

砑笺①银粉②残煤画，画煤残粉银笺砑。清夜一灯明，明灯一夜清。　　片花惊宿燕，燕宿惊花片。亲自梦归人，人归梦自亲。

〔注释〕

①砑笺：压印有图案的信笺。②银粉：银色的粉末。

〔词解〕

这首词亦为回文词，表现一种百无聊赖、寂寞凄清以及相思离愁。

又

飘蓬①只逐惊飙②转，行人过尽烟光远。立马认河流，茂陵③风雨秋。　　寂寥行殿④锁，梵呗⑤琉璃火。塞雁与宫鸦，山深日易斜。

〔注释〕

①飘蓬：随风飘荡的飞蓬，比喻漂泊或漂泊的人。②惊飙：突发的暴风，狂风。③茂陵：明宪宗朱见深的陵墓。④行殿：可以移动的宫殿，行宫。⑤梵呗：佛家语，佛教作法事时念诵经文的声音。

〔词解〕

这首词为过明皇陵的感怀之作：飘荡的飞蓬只随着狂风飞转，一路上杳无人烟。停下马来认清地貌，才发现来到了深秋荒凉的茂陵。寄宿山寺，看那曾经的行宫如今被寂寞锁起，听到琉璃灯下传来诵经的声音。在这塞雁与宫鸦齐聚的深山里，黄昏很快笼罩了大地，不胜苍茫。

采桑子

那能寂寞芳菲节①，欲话生平。夜已三更。一阕②悲歌③泪暗零。　　须知秋叶春花促，点鬓星星④。遇酒须倾，莫问千秋万岁名。

〔注释〕

①芳菲节：花草香美的时节。②一阕：一度乐终，亦谓一曲。③悲歌：悲伤的歌曲。④星星：形容白发星星点点地生出。

〔词解〕

这首词抒发人生无常的感慨：芳菲开遍的时节，年复一年地这样度过，怎能不寂寥落寞，想要话说平生。已经是三更时分，听一曲悲歌，流数行清泪。春花秋叶，年复一年地催促着人由少到老，除了徒增白发之外，了无生趣。千秋万岁的浮名也只不过是一场春梦，不如一醉方休，了无牵挂的好。

又

九日①

深秋绝塞②谁相忆，木叶萧萧。乡路③迢迢④。六曲屏山和梦遥。　　佳时倍惜风光别，不为登高。只觉魂销。南雁归时更寂寥。

〔注释〕

①九日：农历九月九日重阳节。逢此日，古人要登高饮菊花酒，插茱萸，与亲人团聚。②绝塞：极远的边塞。③乡路：指还乡之路。④迢迢：形容路途遥远。

〔词解〕

这首词是佳节塞外思亲之作：在这深秋的遥远边塞，有谁在记挂着我呢？落叶纷纷，乡路渺渺，归期无日，只有在睡梦中才能回到故里。重阳佳节，故园正是风光美好时，想到这些，就更增离愁别绪。想到这些只觉得黯然销魂，看大雁南归时更觉寂寞寥落。

又

海天谁放冰轮①满，惆怅离情。莫说离情，但值凉宵②总泪零。　　只应碧落③重相见，那是今生。可奈④今生，刚作愁时又忆卿。

〔注释〕

①冰轮：月亮，圆月。②凉宵：景色美好的夜晚。③碧落：道教语。指青天、天空。④可奈：怎奈，可恨。

〔词解〕

这首词是怀念亡妻之作：在这碧海云天之间是谁让这月亮又圆满了呢？对着这当空的明月怎不让人离情骤升，惆怅满怀。不要再说这离情了，说它只会让人在这良宵伤心落泪。想象今生能与你在天上重见，可是又转念，那岂是今生可得？于是只好回到现实中在愁苦中想念你。

纳兰词

又

白衣裳凭朱阑^①立，凉月^②趖_{suō}西^③。点鬓霜微，岁晏_{yàn}^④知君归不归。　　残更目断传书雁，尺素^⑤还稀。一味相思，准拟相看似旧时。

〔注释〕

①朱阑：朱栏，朱红色的围栏。②凉月：秋月。③趖西：向西落去。趖，走。④岁晏：一年将尽的时候。⑤尺素：书写用的一尺长左右的白色生绢，借指小的画幅或短的书信。

〔词解〕

这首词抒写相思：身穿一袭白衣凭栏而立，看那秋月已经偏西了。两鬓已经斑白，却不知道你年末的时候能不能回来。日夜盼望着你的消息，可是这书信却如此稀少。只是一味的相思，希望能够像以前那样时时相见。

清平乐

麝烟_{shè}^①深漾，人拥缑笙氅_{gōu chǎng}^②。新恨暗随新月长，不辨眉尖心上。　　六花^③斜扑疏帘^④，地衣红锦轻沾。记取暖香如梦，耐他一晌寒严。

〔注释〕

①麝烟：焚麝香发出的烟。②缑笙氅：犹如仙衣道服式的大氅。用王子乔于缑山乘鹤成仙的典故。③六花：雪花，雪花结晶六瓣，故名。④疏帘：指稀疏的竹织窗帘。

〔词解〕

这首词抒写相思愁怀：麝香发出的烟在空中摇荡，孤

二四八

独的人拥衣而眠，却无法入睡。心中的愁苦与日俱增，已经分不清是在眉尖还是在心头。雪花扑打着窗帘，地毯上沾上了些许白色。犹记得我们当时共度的美好时光，如今且用这美好的回忆来驱散严寒。

眼儿媚

林下①闺房世罕俦，偕隐足风流。今来忍②见，鹤孤华表，人远罗浮。　　中年定不禁哀乐，其奈忆曾游。浣花微雨，采菱斜日，欲去还留。

〔注释〕

①林下：本指山林田野隐居之处，这里则含有"林下风气"之意。②忍：通"认"，认识。

〔词解〕

这首词大约是写给一位隐居的友人的。词中对其远离尘世，山林退隐的生活极表称赞和羡慕。纳兰履贵处丰，然而这种生活绝非其志，他所渴望的正是这位友人的生活样式和情趣。所以这首词称赏的是闲适林下的朋友，其实也是诗人自己心愿的写照。

又

咏红姑娘①

骚屑西风弄晚寒，翠袖倚阑干。霞绡②裹处，樱唇微绽，靺鞨红殷。　　故宫事往凭谁问，无恙是朱颜。玉埒争采，玉钗争插，至正年间。

〔注释〕

①红姑娘：酸浆之别称。多年生草，高二三尺，叶卵形而尖，六七月开白花，其果实成囊状，色绛红，酸甜可食。②霞绡：谓美艳轻柔的丝织物，此处形容红姑娘的花冠。

〔词解〕

元代棕搁殿前曾植野果红姑娘。如今野果依稀尚存，而元代王朝却早已沦为历史的陈迹了，故此篇作者是借咏红姑娘抒发了今昔之感。上片侧重刻画红姑娘之形色，下片则述古写怀.值得注意的是，结句点出"至正年间"，而"至正"是为元末惠宗顺帝之时。

又

中元①夜有感

手写香台金字经，惟愿结来生。莲花漏②转，杨枝露滴，想鉴微诚。　　欲知奉倩神伤极，凭诉与秋擎。西风不管，一池萍水，几点荷灯。

〔注释〕

①中元：指农历七月十五日。②莲花漏：古代一种计时器。

〔词解〕

旧俗中元节是祭祀亡灵的时候，作者于此时又痛苦地怀念起已故的妻子，于是发之为词，不胜悲悼。词围绕着中元节特有之习俗落笔，只在结处摹景，用西风之无情反衬自己悼念亡妻的深情，使所抒之悲痛情感更厚重深浓。

满宫花

盼天涯，芳讯①绝。莫是故情②全歇？朦胧寒月影微黄，情更薄于寒月。　　麝烟销，兰烬③灭。多少怨眉愁睫。芙蓉④莲子待分明，莫向暗中磨折。

〔注释〕

①芳讯：嘉言，对亲友音信的美称。②故情：旧情。③兰烬：蜡烛的余烬，因状似兰心，故称。④芙蓉：荷花。

〔词解〕

这首词写无可奈何的思念之情：远在天涯的人音信全无，难道是他将旧情都忘了吗？天空的寒月透出淡黄色的影子，没想到他的情意却比寒月更加凉薄。炉中的香烟已经消减，蜡烛的余烬也将燃尽，只有愁苦却越来越多。芙蓉和莲子要分得清楚，就不要问暗地里经受了多少时间的折磨。

少年游

算来好景只如斯。惟许有情知。寻常①风月②，等闲谈笑，称意③即相宜④。　　十年青鸟音尘断，往事不胜思。一钩残照，半帘飞絮，总是恼人时。

〔注释〕

①寻常：普通，一般。②风月：本指清风明月，后代指男女情爱。③称意：合乎心意。④相宜：合适，符合。

〔词解〕

这首词表达爱情失败的痛苦：算起来人间好景也不过如此，只有有情的人才能明白。普通的景色，平常的谈笑风生，只要合乎心意就是相得益彰的。十年来音书全断，往事已是不堪回首。只是那一弯残月和满眼飞絮，总是惹起人的无限惆怅。

浪淘沙

望海

蜃阙[shènquè]①半模糊，踏浪惊呼。任将蠡测[lǐ]②笑江湖③。沐日光华还浴月，我欲乘桴[hú]④。　　钓得六鳌无？竿拂珊瑚。桑田清浅问麻姑。水气浮天天接水，那是蓬壶⑧？

〔注释〕

①蜃阙：蜃楼。古人谓蜃气变幻成的楼阁。②蠡测：蠡酌，以瓠瓢测量海水。比喻见识短浅，以浅见量度人。③笑江湖：《庄子·秋水》："秋水时至，百川灌河。河伯欣然自喜，以天下之美为尽在己。"后见到大海，则望洋兴叹云："吾长见笑于大方之家。"　④乘桴：乘坐竹木小筏。

〔词解〕

这首词用神话传说、历史故事来写望海的感受：站立在海边，远望那茫茫大海，那迷迷蒙蒙梦幻一般的境界，令人不由得惊呼。想起了古人所说的道理，任那浅薄无知者去嘲笑吧。大海沐浴了太阳四射的光芒，又好像给月亮洗了澡，我要乘着木筏到海上去看个分明。乘桴于海上垂钓，可曾钓得大鳌吗？其实那钓竿也只是轻拂珊瑚罢了。沧海桑田的巨变，只有麻姑知晓，要想知道这巨变，只有去问她了。看那水天一色，苍茫难辨，哪里才是传说中的蓬莱仙岛呢？

又

双燕又飞还，好景阑珊①。东风那惜②小眉弯③。芳草④绿波吹不尽，只隔遥山。　　花雨⑤忆前番，粉泪偷弹。倚楼谁与话春闲？数到今朝三月二，梦见犹难。

〔注释〕

①阑珊：残，将尽。②那惜：不顾惜，不管。③小眉弯：皱眉。④芳草：香草。⑤花雨：落花如雨，形容落花缤纷。

〔词解〕

这首词写闺怨离愁：春将尽，春景将残，双燕飞还，东风不顾那闺中女子的伤春意绪，直将芳草吹绿，让繁花零落，她又深情地怀念着远方的离人。想起当初落花缤纷时的情景，不禁潸然泪下。谁来排解她春日的寂寞无聊呢？明日即当欢会，却无法如期相约相见。

鹧鸪天

谁道阴山①行路难？风毛雨血②万人欢。松梢露点沾鹰绁，芦叶溪深没马鞍③。　　依树歇，映林看。黄羊高宴簇金盘。萧萧一夕霜风紧，却拥貂裘怨早寒。

〔注释〕

①阴山：内蒙古自治区中部山脉，东西走向，包括狼山、乌拉山、色尔腾山、大青山等。②风毛雨血：指狩猎时禽兽毛血纷飞的情状。③马鞍：一种用包着皮革的木框做成的座位，内塞软物，形状做成适合骑者臀部，前后均凸起。

〔词解〕

这首词为塞上之作：谁说阴山道路艰难，让人犯愁，看那些狩猎的场面是多么令人欢欣鼓舞。松梢上的点点露水滴湿了衣裳，翱翔在高空里的鹰隼变得细小；潺潺的溪水和密密的芦苇淹没了马鞍。依靠着树休息，看着夕阳映林之景，夜幕初降，壮士们举杯欢宴庆祝狩猎成功。入夜，寒风四起，抱着貂裘埋怨为何塞外的天气这么早就开始寒冷了。

又

小构园林寂不哗，疏篱曲径仿山家①。昼长吟罢《风流子》②，忽听揪枰③响碧纱。　　添竹石④，伴烟霞。拟凭樽酒⑤慰年华。休嗟髀里今生肉，努力春来自种花。

〔注释〕

①山家：山野人家。②《风流子》：原唐教坊曲名，后用为词牌名。③楸枰：棋盘，古时多用楸木制作，故名。④竹石：竹与石。⑤樽酒：杯酒。

〔词解〕

这首词描绘的是隐士的生活和情趣：园林静寂，曲径疏篱，来到这世外的山野之家。与主人吟诗对弈，生活好不安闲惬意。再加以竹石和烟霞相伴，把酒当歌可谓人间极乐了。所以不要在那里叹老嗟卑，自寻苦恼，等春天来的时候亲手种花植草，这样的日子岂不安闲快活，羡煞旁人！

南乡子

何处淬①吴钩②？一片城荒枕碧流③。曾是当年龙战地④，飕飕。塞草霜风满地秋。　　霸业等闲休。跃马横戈总白头。莫把韶华轻换了，封侯。多少英雄只废丘。

〔注释〕

①淬：淬火。②吴钩：钩兵器形似剑而曲，春秋吴人善铸钩，故称，后也泛指利剑。③碧流：绿水。④龙战地：指古战场。

〔词解〕

这首词抒发了世事无常、兴亡无据的感慨：何处是当年使吴钩染血的争战之地呢？如今只看到一片荒城，碧水东流。当年群雄并起厮杀的战场，如今却冷风飕飕，被满地的衰草与寒霜淹没了。那千古的霸业如今都已成空，纵横沙场的豪迈气魄也敌不过岁月的磨洗，总会有白头的那天。不要把美好的青春年华都浪费在换取显赫功名之上，你没看到那昔日的英雄如今都变成了一座座荒芜的土丘吗？

踏莎行

月华如水，波纹似练，几簇淡烟衰柳。塞鸿①一夜尽南飞，谁与问倚楼人瘦？　韵拈风絮②，录成金石③，不是舞裙歌袖。从前负尽扫眉才④，又担阁⑤镜囊重绣。

〔注释〕

①塞鸿：塞外的鸿雁。②韵拈风絮：指谢道韫咏雪之典。③金石：指《金石录》。④扫眉才：指有文学才能的女子。⑤担阁：耽搁，耽误。

〔词解〕

这首词是怀念妻子之作：秋夜，月光如水般清澈，水波如同白练一般，月色下烟柳摇曳。大雁一夜之间都飞走了，谁来问问，靠在楼窗的人为何而变得清瘦？你的才情唯有谢道韫、李清照可比，你我意气相投，你又绝非那爱慕浮华之人。只怪我辜负了你的才情和往日那美好的时光，如今只能徒增感慨。

虞美人

绿阴帘外梧桐影，玉虎①牵金井②。怕听啼鴂③出帘迟，恰到年年今日两相思。　凄凉满地红心草，此恨谁知道？待将幽忆寄新词，分付芭蕉风定月斜时。

〔注释〕

①玉虎：井上的辘轳。②金井：栏上有雕饰的水井，一般用以指宫庭园林里的井。③啼鴂：啼鸣的杜鹃鸟。

〔词解〕

这首词为怀念恋人之作：窗外洒下梧桐绿色的树荫，倒映在金井的辘轳之上。又到了年年相思的日子，因为害怕听到杜鹃的哀啼而迟迟不敢走出门来。那满怀相思的红心草已是凄凉满地，心头的遗恨又有谁能够明了了？于是只好将这满怀的思绪写作一曲新词，在芭蕉风定、月影西斜时寄去我的相思。

茶瓶儿

杨花糁径^①樱桃落。绿阴下、晴波^②燕掠。好景成担阁。秋千背倚，风态^③宛如昨^④。　　可惜春来总萧索。人瘦损^⑤、纸鸢风恶。多少芳笺约，青鸾去也，谁与劝孤酌？

〔注释〕

①糁径：洒落在小路上。糁，煮熟的米粒，这里是散落的意思。②晴波：阳光下的水波。③风态：风姿。④宛如：好像，仿佛。⑤瘦损：消瘦。

〔词解〕

这首词写离愁别怨：杨花落满了小径，樱桃花也凋谢了，燕子掠过绿荫之下的水面。这春日的美景又被相思给耽搁了。空剩下寂寞的秋千，风姿与昨天没有什么差别。可惜自从春天来后一切都寂寞萧索，形影如同风中的纸鸢般消瘦。曾经有多少的约定，都没有完成，如今人去楼空，谁来劝慰我这独酌的苦闷心情？

临江仙

点滴芭蕉心欲碎，声声催忆当初。欲眠还展旧时书。鸳鸯小字①，犹记手生疏②。　　倦眼乍低缃帙③乱，重看一半模糊。幽窗冷雨一灯孤。料应情尽，还道有情无？

〔注释〕

①鸳鸯小字：指相思爱恋的文辞。②生疏：不熟练。③缃帙：浅黄色的书套。亦泛指书籍、书卷。

〔词解〕

这首词为相思之作：夜雨芭蕉，声声传情，听来让人心碎。想要睡去却禁不住又打开旧时的书信，看着那写满相思情意的书笺，便记起她当时书写还不是很熟练的情景。茫然间书卷散乱，拾起重看，只到一半便泪眼模糊。伴着冷雨孤灯，原以为情已经尽了，却还在想着这情思到底还有没有？

蝶恋花

散花楼送客

城上清笳①城下杵②。秋尽离人，此际

心偏苦。刀尺又催天又暮，一声吹冷蒹葭③浦。　　把酒留君君不住。莫被寒云④，遮断君行处。行宿黄茅山店路，夕阳村社迎神鼓。

〔注释〕

①清笳：谓凄清的胡笳声。②城下杵：指捣衣之声。杵，捣衣所用的棒槌。③蒹葭：蒹和葭都是水草，本指在水边怀念故人，后以"蒹葭"泛指思念异地友人。④寒云：愁云。

〔词解〕

这首词为赠别之作：秋日将尽，凄清的胡笳声掺和着砧杵声传入耳中，四周一片凄凉。深秋送别，心中无限凄苦。日落西山，长满蒹葭的水滨平添了萧疏凄冷。你将上路远行，置酒送别，想要将你留下却无法留住。不要让愁云遮住了你行走的路，使我看不到你远行的身影。你是否会在途中夜投荒村，在夕阳中看那里社鼓迎神的庆典。然而这一切我都无法看到了，只能独自黯然伤怀。

金缕曲

再用秋水轩旧韵

疏影①临书卷。带霜华、高高下下，粉脂都遣。别是幽情②嫌妖媚③，红烛啼痕④休泫⑤。趁皓月、光浮冰茧⑥。恰与花神⑦供写照⑧，任泼来、淡墨无深浅。持素障，夜中展。　　残钉掩过看逾显。相对处、芙蓉玉

纳兰词

绽，鹤翎银扁。但得白衣时慰藉，一任浮云苍犬。尘土隔、软红偷免。帘幕西风人不寐，怃清光、肯惜鹴裘典。休便把，落英剪。

〔注释〕

　　①疏影：疏朗的影子。②幽情：深远或高雅的情思。③妩媚：姿态美好。④啼痕：泪痕。⑤泫：下滴的样子。⑥冰茧：冰蚕所结的茧，为蚕茧的美称。⑦花神：指花的精神、神韵。⑧写照：描写、刻画，犹映照。

〔词解〕

　　这首词借月夜梅花抒发悲凉惆怅之情：梅花疏朗的影子落在了书卷上。那花瓣带着霜华，高高低低，看不到一点粉红的颜色。不须红烛滴泪照明，别是一种幽情和妩媚。月当空，朵朵梅花如同洁白的蚕茧。恰好这梅花之形与其神相映照，仿佛随意画出的淡墨写意，这美好的图画就好像是在夜间展开了的一幅出神入化的幛子。将残灯遮起，再看那梅影就更清晰动人。就像刚刚绽开的玉芙蓉，处处是银白色的花瓣。只要拥有这白色精灵时时来慰藉我，哪里还需要去管什么世事无常，风云变幻？尘世污浊，一切繁华都如过眼云烟。想及此，无限惆怅，站在帘下的晚风之中不能入睡。清光之下宁愿将这稀世的鹴裘典当来换取梅花不落，永远相伴。

后 记

巾箱本，灵感来源于古时文人的精致小书卷。偷得浮生半日闲，庭院深处，卧榻画屏散读几页，甚是有趣可爱。原来在我们的祖先那里，读书也并非只是书斋里的"圣贤事"，同样是生活中美的体验与享受。

即使在现代，这种追求悠适的审美体验与享受也从未间断过。可惜的是，我们这个时代没有提供中国文化现代审美精品给大众。那些历经千百年或遒劲有力或婉转清丽的雕版汉字，那些繁复工序抄造的纹路质朴自然的手工宣纸，朱红、靛蓝、墨黑的组合承载了多少文化的美感，却被尘封在了故纸堆中。我们的巾箱本系列，希望给大家一种启迪，从年轻人的角度再次去审视、探究中国文化的审美，期许能挖掘出最有时代价值、最纯真的审美感动与享受。

希望我们的愿景和努力能为传统文化带来当代的审美，别样的阅读。

关于本书的版本甄选，巾箱本《纳兰词》依清道光十二年（1832）结铁网斋刻本影印。汪元治重梓纳兰容若《饮水词》、《侧帽词》，收录于结铁网斋刻本中。

目前通行本原文极个别词牌子与结铁网斋刻本《纳兰词》不同，但词作内容相同。巾箱本《纳兰词》平装本，使用现通行本词牌子之名，特此说明。

最后，感谢崇贤书院的傅璇琮、任德山、毛佩琦等多位著名学者，郑连杰等艺术家，以及协力巾箱本系列出版的藏书家、藏书楼和各大图书馆，正是他们的倾心指导，才使得本系列得以顺利付梓出版。

图书在版编目（CIP）数据

清道光结铁网斋藏版纳兰词 ／（清）纳兰性德著；
崇贤书院释译. -- 北京 ：北京联合出版公司，2014.6
（巾箱本）
ISBN 978-7-5502-2821-4

Ⅰ. ①清… Ⅱ. ①纳… ②崇… Ⅲ. ①词（文学）-
作品集-中国-清代 Ⅳ. ①I222.849

中国版本图书馆CIP数据核字(2014)第072180号

书　　名	清道光结铁网斋藏版纳兰词	
著　　者	纳兰性德　崇贤书院	
责任编辑	王　魏　郎　朗	
出版发行	北京联合出版公司	
地　　址	北京市西城区德外大街八十三号楼九层	
	邮编：100088	
策划经销	北京崇贤馆世纪文化传媒有限公司	
	北京市朝阳区建外SOHO西区	
	15号楼1层1515号，邮编：100022	
印　　刷	河北华宝古籍印刷有限公司	
开　　本	32开	
印　　张	平装本：8.5印张　　宣纸本：103筒页	
字　　数	120千字	
版　　次	2014年6月第1版　2014年7月第1次印刷	
标准书号	ISBN 978-7-5502-2821-4	
定　　价	198.00元	

（本书凡印装错误可向承印厂调换，电话：010－57749789）